도메인

도메인

유재영 소설

교유서가

차례

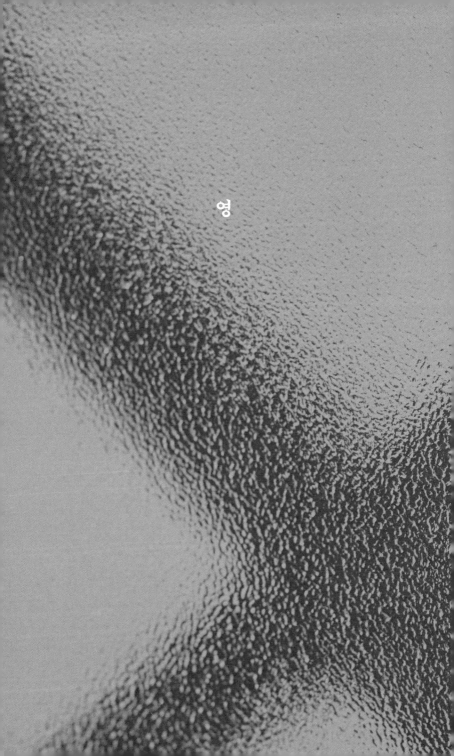

영

1

"방금 뭐였어?"

창밖을 바라보던 지혜가 외쳤다. 흑갈색의 무언가가 차 앞에 나타나 조수석 아래로 휩쓸려 들어가는 것을 봤다. 차체가 흔들렸고 물컹한 물체를 짓누른 듯 생생한 감각이 뒤따랐다.

"차 좀 세워봐."

진언은 속도를 줄이며 양쪽 사이드미러를 확인했다. 고속도로를 빠져나온 뒤로는 한적한 2차선 도로를 주행하고 있었다. 지혜가 진언의 어깨에 손을 올렸다. 진언은 지혜의 손이 미세하게 떨리는 걸 느끼고 나서야

비상 깜빡이를 켜고 갓길에 차를 세웠다. 앞서가던 차는 시야에서 사라졌고 뒤따라오던 차는 옆 차선으로 지나간 뒤였다.

지혜는 조수석 문을 열고 나와 실선을 따라 걸었다. 도로 쪽으로 시선을 고정한 채 지나온 길을 되짚으며 조금 전 충돌한 뭔가를 찾고 있었다. 작은 개나 새끼 고양이, 참새나 까치, 아니면 뭐였을까? 갓길 아래에는 밤사이 내린 빗물이 도랑을 가득 채웠다. 봉지째 뒹구는 쓰레기나 하얗게 센 지푸라기만 보였고 차가 지나칠 때마다 조금씩 밀려나갔다.

갈라진 아스팔트와 횡단보도 도색이 옅어진 도로를 응시하던 지혜는 손바닥에 입김을 불어넣었다. 11월이었다. 비는 오전에 그쳤지만 구름은 걷히지 않았다. 차 소음이 잦아들자 어디선가 풀벌레 소리가 들렸다. 소리를 따라 고개를 돌리다가 반대편 차선에서 사체를 발견했다. 형체를 파악하기 어려울 만큼 짓이겨진 사체는 사고를 당한 지 몇 시간은 지난 거 같았다. 바닥에 달라붙은 채로 위쪽을 향한 사체 일부와 털 몇 가닥이 바람에 들썩였다. 걸음을 멈추고 더는 다가가지 않았다.

지혜가 도로 위를 살피는 동안 진언은 운전석에서 내려 자동차 외관을 살폈다. 범퍼가 군데군데 긁혔고 운전석 쪽 램프 아래에도 찌그러진 자국이 있었다. 대부분 주차할 때 생긴 상처로 그중 몇 개는 재작년 중고차를 인수할 때 확인한 것이었다. 타이어 공기압을 확인하고 허리를 편 진언은 손바닥을 털면서 지혜의 뒷모습을 바라보았다. 그러고는 운전 중에 온 알람을 확인했다. 한 시간 정도 늦을 거라는 기태의 문자 메시지였다. 알았다는 답신을 보내고 고개를 들었다. 지혜가 진언을 향해 걸어오고 있었다. 뭐가 있었느냐는 진언의 물음에 지혜는 손을 저으며 답했다. 구태여 반대편 차선에서 본 걸 말하진 않았다.

"사라졌어." 지혜가 다시 물었다. "정말 못 봤어?"

그때 커다란 트럭이 경적을 울리며 그들 옆을 지나갔다.

"출발하자. 여기 있으면 위험해."

야영장에 도착하기 전 휴게소에 들렀다. 진언이 화장실에 다녀오는 동안 지혜는 차를 들여다봤다. 검붉은 자국과 날개나 더듬이만 남은 벌레 사체가 보닛 위에 다닥다닥 붙어 있었다. 지혜는 물티슈로 그것들을 닦아냈다.

지혜와 진언은 다섯번째 결혼기념일을 앞둔 지난여름, 여행 계획을 세웠다. 줄곧 가고 싶었던 포르투갈과 베트남 외에도 여행 프로그램과 책에서만 보았던 부탄과 브루나이, 태즈메이니아섬 등 낯선 지명을 열거하며 "올해 여름엔 정말 멀리 가보자" 하고 결심했고, "마음만 먹으면 어디든 갈 수 있다"며 서로 독려하듯 말했다. 주로 밤산책중 여행 계획을 세웠는데 길을 떠날 땐 설레다가도 다시 동네 어귀에 들어서면 계획 없이 여행을 떠나온 것처럼 불안했다. 그러던 어느 날 부동산 앞에 써 붙인 전단을 들여다보다가 주변 시세가 가파르게 오른 것을 확인한 뒤로는 더이상 여행 이야기를 꺼내지 않았다.

작년 봄, 평수를 좁혀 빌라 이층으로 이사하면서 많은 걸 버렸다. 거실 테이블과 의류 건조기, 식기세척기를 처분했고 커다란 쿠션과 화분을 버렸다. 중고 거래는 진언이 맡았다. 그런 걸 다 어떻게 파느냐는 지혜의 염려에도 진언의 뜻은 확고했다. 자신이 책임을 지겠다고 했다. 하지만 이삿날을 하루 앞두고도 산다는 사람은 나타나지 않았다. 버리는 일은 지혜의 몫이었다. 또다시 그 과정을 반복하긴 싫었다. 이사를 하고 나선 무언가 들이는 일에 인색해졌다. 근교로 드라이브도 가지 않은 채 여름이 지났고 가을이 왔다. 임대인은 보증금 인상을 예고했지만 다행히 시세만큼은 아니었다.

다시 밤산책을 시작했다. 근사한 여행지를 찾고 있을 때 진언의 친구인 기태가 캠핑을 제안했다. 맑은 날이면 반딧불이가 나타나는 야영장이 있다며 이 기회에 애인을 소개하고 싶다고 했다. 근처에 호수도 있어. 기태의 말투에는 설렘이 가득했다. 지혜와 진언도 호기심이 생겼다. 그들은 캠핑에 대해 품었던 낭만을 나눠 떠올렸다. 짙은 노을과 풀벌레 소리, 잔잔한 물결이 이는 호수와 적당히 차가운 새벽 공기 그리고 작은 텐트 안에서 낮은 소리로 나누는 대화를 기대했다. 바닥에 튈 기름과 집안 곳곳에 스며들 냄새 걱정 없이 고기와 채소를 구워먹을 수도 있을 거라며 그 자리에서 일정을 잡았다. 그날 이후 진언과 지혜는 산책할 때마다 캠핑에 필요한 장비 목록을 업데이트했다.

야영장 입구에 작은 컨테이너가 세워져 있었다. 길 가 쪽에 난 조그만 창문 위에 관리동이란 팻말이 보였다. 진언은 차를 세우고 관리인을 찾았다. 경적을 울리는 대신 차창을 내리고 고개를 내밀어 주변을 둘러보았다. 컨테이너 끝에 낙엽과 쓰레기가 담긴 파란색 비닐봉지 두 개와 삽 한 자루가 눈에 띄었다. 맞은편에 차량 몇 대가 드문드문 주차되어 있었는데 야영객 차량은 아닌 거 같았다.

"둘이요?"

컨테이너 뒤편에서 수건으로 손을 문지르며 관리인이 나타났다.

"두 명 더 올 겁니다." 진언이 말했다.

관리인은 고개를 숙여 차량 내부를 훑어보더니 들어오라고 손짓했다.

"원하는 사이트 잡으시고 쓰레기는 모아서 챙겨두세요. 혹시 무슨 일이 생기면 전화하시고. 내가 항상 여기 있는 게 아니거든."

관리인은 쓰레기 무단투기 금지 문구와 전화번호가

적힌 입간판을 가리키며 말했다. 그 뒤로 방수천에 쌓인 장작더미가 보였다.

정산을 마친 그들은 잔디를 밟으며 천천히 안으로 진입했다. 전날 내린 비와 흐린 날씨 탓인지 텐트는 보이지 않았다. 사이트는 넉넉했고 간격도 충분했다. 관리소에서 적당히 떨어진 파쇄석 사이트에 자리를 잡았다. 고루 깔린 자갈 위에 텐트를 꺼내놓았다. 비닐을 벗기고 묶여 있던 지지대를 풀자 모기장처럼 부풀어오른 텐트가 제 모양을 잡아갔다. 지혜가 텐트 안으로 들어가 진언이 밖에서 건네준 매트를 모서리에 맞춰 끼워 넣었다. 넉넉하진 않아도 두 명이 충분히 누울 수 있는 공간이었다. 지혜는 손바닥으로 매트를 지그시 눌러보았다. 물기가 배어들진 않았지만 단단한 냉기가 올라왔다. 텐트를 고를 때 그들은 간편한 방식을 택하는 대신 많은 걸 감수하기로 했다. 방한에 취약하다는 말을 듣고 핫팩과 침낭을 준비했다. 진언은 네 귀퉁이에 고정쇠를 박고 입구 앞에 그늘막을 연결했다. 바람을 막을 용도였다. 차츰 해가 저물었다. 둘은 캠핑용 접이의자를 그늘막 아래에 놓고 앉아 나뭇가지 사이로 비쳐 드는 살구색 햇볕을 바라봤다. 기온이 점점 내려

갔고 바람은 거의 불지 않았다.

"현진 씨, 맞지?"

"응?"

"기태 씨랑 같이 오는 분."

"맞아. 이현진."

현진은 배우였다. 대학 졸업 후 오랫동안 연극 무대에만 선 그는 우연한 기회에 주말드라마에 단역으로 출연하면서 방송과 인연을 맺었고 최근에는 늦은 시각에 방영하는 재연 프로그램에 고정 출연하며 얼굴을 알렸다. 기태가 현진의 모습이 화면에 가득찬 휴대전화를 진언에게 내밀었을 때 진언은 단번에 현진을 알아봤지만 이름이나 출연한 작품을 댈 수는 없었다.

풀숲과 흙바닥을 물들였던 살굿빛이 옅어지고 캠핑장 조명등 몇 개가 막 켜졌을 때 현진과 기태가 도착했다. 지혜는 차에서 내리는 두 사람을 향해 손짓했다. 그들은 같은 브랜드의 등산화를 신고 있었다. 간단히 인사를 나누고 텐트를 설치하는 동안 지혜와 진언은 저녁식사를 준비했다. 집에서 양념해온 돼지고기를 볶고 즉석밥을 데우고 현진과 기태가 사온 반찬을 그릇에 담았다. 30분 남짓한 사이 해가 기울었다. 기태가 등유램프를 켰다. 간이테이블 주위로 주황 불빛이 퍼져나왔다.

"둘이 어떻게 만났어요?" 진언이 밥을 옮기며 물었다.

"현진 씨가 출연하는 프로그램 촬영 현장에 몇 번 지원을 나간 적이 있었어." 기태가 진언을 보며 말문을 열었다. 기태는 방송국 소품실에서 일했다.

"은근히 스며드셨다?" 진언이 고개를 끄덕이며 대꾸했다.

"결정적인 날이 있었죠. 여름이었어요." 현진이 덧붙여 말했다.

"그래, 여름."

"미리 준비해온 분장용 혈액이 부족해서 기태 씨가 현장에서 피를 만들었는데 냄새가 끔찍했죠. 정말 끔찍했어요. 보통은 물엿 때문에 단내가 많이 나는데 그건 구역질이 날 정도로 냄새가 이상했죠. 대체 거기에 뭘 섞은 거야?"

기태는 고개를 뒤로 젖히고 웃었다.

"야외 촬영이었는데, 거의 산속이나 다름없는 곳이

었거든요. 만약에 물엿을 섞으면 벌레가 날아들 테고. 대본을 보니 현진 씨가 피를 꽤 많이 뒤집어쓰는 장면이더라고요. 특별히 신경을 쓴다는 게 그렇게 된 거죠."

"덕분에 한동안 피부과에 다니면서 관리 좀 받았어요. 치료가 끝날 때쯤 기태 씨가 밥을 샀고요."

"피로 맺어진 커플이네요." 고기가 담긴 팬을 옮기며 지혜가 말했다.

"같이 살면 좋죠?" 기태가 지혜를 향해 물은 뒤 슬쩍 현진의 눈치를 살폈다.

"좋기야 하죠."

대화는 자연스레 지혜와 진언의 연애와 결혼으로 이어졌고 차분히 급여를 모아서는 아파트는커녕 살고 있는 빌라의 전세 보증금도 감당할 수 없는 현실로 이야기가 빠져들었을 때 지혜는 생각했다. 그냥 짧게 답했어야 했다고. '같이 살면 좋죠. 뭐가 더 필요하겠어요.'

대화 도중에 낯선 개를 발견한 건 현진이었다. 지혜와 진언의 텐트 입구 쪽에서 개 한 마리가 냄새를 맡고 있었는데 그 옆에는 몸집이 작은 고양이가 있었다. 개는 그들을 발견하고도 짖지 않았다.

"여기서 키우는 앤가?"

진언이 바닥에 떨어져 있던 고기 한 조각을 물에 씻은 다음 개가 있는 쪽으로 부드럽게 던졌다. 고기가 떨어진 쪽으로 다가간 개는 두세 차례 냄새를 맡고 나서 한입에 집어삼켰다.

"목걸이도 있는데?" 현진이 개를 향해 천천히 다가가 목에 달린 인식표를 확인했다. "이름이…… 설기예요. 네 살이고."

설기는 털 여기저기가 뭉쳐 있었다. 고양이는 여전히 텐트 주변을 맴돌며 냄새를 맡았다. 지혜가 가방에서 참치 캔을 꺼냈다. 살점을 오목한 그릇에 덜어내고 생수로 헹군 다음 물기를 짰다. 서너 걸음 떨어져 있던 고양이가 지혜에게 다가왔다.

"사람 음식 주면 안 되는데, 굶는 것보단 나을 테니까."

지혜가 중얼거리며 고양이를 향해 그릇을 내밀었다. 검은 고양이인 줄 알았는데 턱시도를 입은 듯 목과 가슴털이 새하얬다. 고양이는 허겁지겁 그릇을 비워내고 앞발을 그루밍하며 냄새를 지우는 데 열중했다.

"얘는 목걸이가 없네." 현진이 고양이를 바라보며

말했다. "설기 친구니까, 임자라고 부르죠. 흑임자."

밥을 먹고 난 뒤에는 모닥불을 피웠다. 불씨가 뻗어 나오지 못하도록 지언이 벽돌로 외벽을 세우고 미리 준비한 장작을 쌓았다. 그 아래 현진과 기태가 야영장 주변에서 주워온 마른 나뭇가지를 넣고 여러 번 불씨를 지폈다. 회백색 연기와 재가 날린 뒤 서서히 불길이 솟아나기 시작하면서 한 사람씩 캠핑 의자를 들고 왔다. 설기와 임자도 온기가 입혀진 자갈 위에 자리를 잡고 있었다. 날벌레가 날아다녔지만 개의치 않았다.

"얘네 또 언제 온 거야?" 지혜가 빈자리를 찾아 앉으며 진언을 향해 말했다.

"방금 왔어. 추웠나봐." 진언이 몸을 둥글게 말고 눈을 감은 설기와 임자를 보며 답했다. 설기와 임자가 몸을 맞대고 있는 어딘가에서 고르릉거리는 소리가 새어 나왔다.

"와인 드실래요?"

지혜가 현진을 향해 와인을 들어 보였고 현진과 기태가 동시에 고개를 끄덕였다. 현진과 기태, 진언 순으로 지혜가 건넨 잔을 받았다. 그들은 이제 막 솟아오른 불길을 바라보며 잔을 부딪쳤다. 모닥불 중앙에는 푸른빛이 감돌았다.

"나뭇가지 주우면서 봤는데." 기태가 잔을 든 손을 왼쪽에서 오른쪽으로 휘젓고 나서 마저 말했다. "야영장에 우리뿐인 거 알아요?"

"얘네가 그래서 여기에 자리를 잡았구나." 지혜가 설기와 임자를 보며 작게 말했다.

"캠핑하긴 날이 좀 추운가?"

"어제 비까지 와서 그런가. 으스스하네." 진언이 장작 몇 개를 더 집어넣었다.

"참, 현진 씨 나오는 프로그램 매주 보고 있어요."

"촬영 현장은 그렇게 무섭지 않죠?"

지혜와 진언이 번갈아 말했다.

"그렇죠. 다들 지치고 힘드니까."

"만드는 사람들이 그렇잖아요. 무덤덤하달까? 거기 감독이 엄청 무뚝뚝하잖아?" 기태가 현진의 말을 이어받았다.

"맞아. 근데 며칠 전에 사건이 하나 있었어요."

하나둘 와인을 들이켰고 현진은 지난주 촬영장에서 겪었던 일을 들려주었다.

"보통은 대본을 다 받아보고 촬영을 하는데, 그날은 좀 급하게 진행되었거든요. 그래서 쪽대본을 받아서 감독님에게 직접 지시를 받아가며 촬영을 했어요. 저수지가 있는 곳에 여행을 온 커플이, 무슨 이유였더라, 하여튼 크게 다툰 다음 한 명은 텐트에서, 다른 한 명은 차 안에서 자다가 기묘한 일을 겪는다는 이야기였죠. 그래도 제보를 받은 이야기였으니 과장된 면은 있어도 실화였을 거예요. 어쨌든 그 이상한 일이라는 게 서로를 귀신으로 착각하면서 벌어진 일이었죠."

"어? 이번주에 방송했던 거 맞죠?" 진언이 알은체했다. 만나기 전에 방송을 챙겨 보는 게 예의라며 지혜가 텔레비전을 켰던 날이었다. 영상 속 현진은 지금과는 분명 다른 사람이었다. 분장 때문만은 아니었다.

"맞아요, 그저께." 현진이 와인을 한 모금 마신 뒤 계속 말했다. "촬영 순서도 실제 이야기 전개대로였어요. 낮부터 시작해서 서로의 상상이 펼쳐지는 마지막 장면은 자정이 지나서 스탠바이했고요. 새벽 2시쯤 됐나? 제가 귀신을 연기할 때였는데, 감독님이 무리한 요구를 하시더라고요. 고개를 더 옆으로 꺾으라는 둥, 더 크게 웃으라고 하고…… 좀 짜증이 나긴 했는데 스태

프들 그 밤에 고생하는 거 다 아니까, 끊지 않고 계속 연기했거든요. 차 안에서 오케이 사인을 듣지 못할 정도로요."

"기억나요. 그 장면, 정말 무서웠어요." 지혜가 손으로 목덜미를 쓸어내리며 말했다.

"조연출이 사색이 되어서 뛰어오더니 괜찮으냐고 저한테 묻더라고요. 촬영을 끝마치고 녹초가 돼서 내가 어떤 역할을 한 건지, 오늘 촬영한 게 무슨 이야기인지도 잊고 서둘러 집에 갔죠. 그런데 다음날 아침 일찍 감독님한테 전화가 왔어요. 편집을 하고 있는데 도저히 궁금해서 잠을 못 잤다면서. 그때 왜 내 말대로 안 했느냐고. 자기는 가만히 서서 무표정한 얼굴로 카메라를 응시하라고 했는데 왜 시키지도 않은 연기를 했느냐고. 왜 그러세요, 감독님. 감독님이 그러셨잖아요. 그렇게 답하고 나니 잠이 확 깨면서 머릿속이 멍해지더라고요. 아, 우리 감독님 남잔데. 그때 제가 들었던 목소리는 여자였거든요."

"그럼, 그 여잔 누구예요?" 지혜가 물었다.

현진은 대답 없이 고개를 가로젓고 지혜의 시선을 외면한 채로 계속 말했다. 지혜는 조금 기분이 상했으나 내색하지 않았다.

"이틀 뒤 본방이 끝나고 감독님한테 다시 전화가 왔거든요. 제보자분한테 전화가 왔는데, 왜 자기가 제보한 대로 만들지 않았느냐고 묻더래요. 방송이 원래 그렇다, 조금씩 각색이 들어간다 그랬는데, 제보자분이 중간에 말을 딱 끊더니 실제로는 그게 맞는다는 거예요. 고개를 옆으로 꺾고 웃으면서 자기를 봤대요. 그런데 그대로 재연하면 너무 무서울 거 같아서 사연을 보낼 땐 그 부분을 일부러 바꿨다는 거죠."

"그 여자, 목소리가 어땠는데요?" 지혜가 질문을 조금 바꿔서 물었다.

현진이 지혜 쪽으로 고개를 획 돌리더니 쏘아붙이듯 말했다.

"바로, 너!"

지혜는 그대로 얼어붙었고 두 손으로 얼굴을 감쌌다. 탄식과 웃음이 터져나와 불티처럼 흩어졌다.

"죄송해요, 지혜 씨. 많이 놀랐어요?" 현진이 다가와 지혜의 어깨를 부드럽게 두드리며 말했다. "직업병이에요, 직업병. 제가 좀 짓궂었죠?"

"괜찮아요. 역시 연기자시네요." 지혜는 입을 가린

채 대꾸했다. 찔끔 눈물이 나왔지만 금방 말랐다.

현진의 이야기가 끝난 뒤에야 네 사람은 와인을 한 두 모금씩 마셨다. 현진은 지혜에게 다시 사과했고 지혜는 괜찮다고, 자기가 잘 놀라는 편이라고 답했다. 그 사이 설기와 임자는 자세를 바꿔 누웠고 임자가 설기의 엉킨 털을 혀로 핥아주다가 잠들었다. 밤이 깊을수록 기온은 내려갔다. 그들이 피운 모닥불이 주변의 온기를 부드럽게 빨아들였다.

3

"지우고 싶은 기억을 말하고 불길에 뼛조각을 던지면 그 기억을 지울 수 있대요." 지혜가 붉어진 볼을 손등으로 쓸어내며 덧붙였다. "어디더라. 원주민들이 했던 의식 같은 거라고 하던데."

"치킨이라도 사올걸 그랬나봐." 진언이 미소 지으며 대꾸했다.

"대신 이런 건 안 될까요?" 기태가 마른 나뭇가지를 흔들며 말했다.

"안 될 거 없죠."

"누가 먼저 시작할까요? 현진 씨는 이미 말했고."

기태는 현진을 바라보며 미소 지었다.

"제가 할게요." 진언이 입을 열었다. "사실 어렸을 때 비슷하게 생긴 개를 키운 적이 있어요."

"누구랑요?"

"설기요." 설기는 진언이 앉은 방향으로 자갈에 턱을 괴고 있었다.

"사실 너무 어렸을 때라 기억이 잘 안 나요. 어디서 왔고 어떻게 키우게 됐는지. 그런데도 그때를 생각하면 누구보다 그 개가 생각나요."

"어린 시절을 함께하면 평생 기억에 남지." 모닥불을 뒤척이던 기태가 대꾸했다.

"같이 동네 뒷산을 산책했던 일, 마당에서 물놀이를 했던 일, 제가 공을 던지면 훌쩍 뛰어서 물어오곤 했어요." 진언이 잠긴 목소리로 말했다.

"개가 영리했나보네요." 현진이 호응해주었다.

"네. 그렇게 몇 년 같이 살다가 저희만 새집으로 이사를 왔어요. 그때는 아파트로 이사해서 마냥 기뻤죠. 놀이터도 생겼고 뜨거운 물도 잘 나왔으니까요."

"그럼 개는?" 지혜가 던지듯 물었다.

"모르겠어. 아니, 사실 알고 있었어. 부모님이 좋은 데로 보냈다고 하셨지만⋯⋯" 진언은 곤히 자고 있는 설기를 바라보며 덧붙였다. "잊고 싶어요. 용서도 받고 싶고."

"이름이 뭐였는데?" 지혜가 진언을 바라보며 물었다.

"기억도 안 나."

"너무하네."

진언은 뭔가 더 말하려다가 입을 다물었다. 짧게 이어지던 침묵은 현진이 진언에게 나뭇가지를 건네면서 깨졌다. 나뭇가지를 불길 속에 집어넣은 진언은 다른 이야기가 이어지길 기다렸다.

"저도 있어요." 현진이 말했다.

"아까 했잖아." 기태가 걱정스러운 눈빛으로 현진을 바라봤다.

"그건 그냥 무서운 이야기지. 지우고 싶은 기억이라니 떠오르는 게 있는데⋯⋯ 아, 마이크를 너무 오래 쥐고 있는 건가?"

"아니에요. 현진 씨 이야기 듣는 거 재밌어요. 무섭고." 지혜가 미소 지었다.

"고마워요." 현진이 와인을 한 모금 삼킨 다음 말했다. "진짜 잊고 싶은 게 하나 있거든요. 버릴 수 있는 거면 쓰레기봉투에 꽁꽁 싸매서 버렸을 텐데."

"뭔데요?"

지혜가 고개를 앞으로 조금 내밀었다. 불길이 움직이며 네 사람 얼굴에 불규칙적으로 음영이 졌다.

"죽은 사람을 본 적 있어요."

"실제로요?"

"네." 현진이 지혜를 물끄러미 바라봤다. "스물두 살이었을 거예요. 과 동기가 집에 같이 가달라고 부탁을 하더라고요. 별로 친하진 않았던 친구인데, 그날 연습이 새벽 늦게 끝났거든요. 제가 머뭇거리니까 자초지종을 털어놓더라고요. 소개팅으로 만난 사람이라고 했어요. 세번째인가, 네번째 만났을 때 이상한 버릇 같은 걸 발견하면서 더 만나진 않았대요. 그러고 나서 몇 개월 동안 기분 나쁜 일들이 일어나더래요. 우편물이 없어지거나 한밤중에 모르는 번호로 전화가 걸려오고 베란다 건너편에서 시선이 느껴지기도 하고요. 심지어 집안에 있던 물건이 없어지는 일이 생기고."

"그 정도면 경찰에 신고해야 하는 거 아니에요?"

"이사를 하거나."

진언과 지혜는 차례로 해결책을 제시했다.

"신고도 하고 집도 내놨는데. 경찰은 증거가 없으니 자기네들은 할 수 있는 게 없다고, 일이 벌어지면 신고하라는 식으로 말했나봐요. 다른 세입자가 구해질 때까지 보증금을 돌려받을 수 없으니 하는 수 없었죠. 그래서 친구들한테 집까지 동행을 부탁해온 거죠. 현관문을 닫고 나면 그래도 좀 낫대요. 알고 보니 잠금장치를 세 개나 해놨더라고요. 전기충격기도 가지고 있고." 현진은 말을 멈추더니 덩치를 불린 모닥불을 응시했다. "어쨌든 그 친구 하소연을 들으면서 연습실에서 집까지 걸어갔고 현관문을 열었는데, 그 남자가 이미 집에 와 있더라고요."

"괜찮았어요? 아니, 뭐라고 하던가요?"

"아주 조용했어요. 죽어 있었거든요. 그 사람, 목에 전깃줄을 매고 조금씩 흔들리고 있었어요. 그게 너무 끔찍했고…… 이상했죠."

현진이 말을 멈추자 잠시 침묵이 이어졌다. 진언은 입을 막고 헛기침을 내뱉었다.

"왜 그런 걸까요? 왜 남의 집에서." 지혜가 와인잔을 매만지고 있는 현진의 손등을 바라보며 말했다.

"유서도 없었어요. 경찰은 그 친구를 죽이려다가 계획을 바꾼 거 같다고 하더라고요."

"애먼 사람 대신 자기를 죽였으니, 다행이라고 해야 할지 모르겠네요."

기태가 마른 나뭇가지를 현진에게 건넸다. 불을 쬐고 있던 설기와 임자가 이따금 고개를 들어 그들의 움직임을 주의 깊게 살폈다.

"다 잊은 거 같다가도 바람에 흔들리는 나뭇가지나 밤늦게 골목길에서 그림자가 보이면 생각이 나요. 10년이 더 지났는데도."

현진은 자리에서 일어나 잔가지가 많은 관솔 하나를 불길 위로 던졌다.

지혜는 현진의 말을 완전히 믿진 않았다. 현진의 친구가 아니라 현진에게 일어난 일일 가능성이 높다고 생각했기에 어떤 말을 보태야 할지 몰랐다. 그런 종류의 일은 쉽게 잊을 수 없다는 걸 알았다. 지혜에게도 떨칠 수 없는 기억이 있었다. 모닥불은 변함없이 지속됐고 주홍색 불길 사이로 무언가가 탁탁 부러지는 소리가 불씨를 따라 새어나왔다. 기태가 현진의 잔에 와인을 채운 다음 네 사람은 함께 잔을 들었다. 지혜는 자신의 차례가 왔음을 알았다.

"개가 차에 치이는 걸 봤어요." 지혜가 불길에 시선이 붙들린 채 말했다.

"언제요?" 현진이 한 손으로 턱을 괴고 물었다.

"5년쯤 됐나, 여름이었어요. 집 근처였고 한산한 도로였죠. 맞은편 인도에서 작은 개 두 마리가 사이좋게 횡단보도를 건너오더라고요. 비상 깜빡이를 켜고 속도를 늦추기 시작했죠. 그런데 저보다 앞서가던 옆 차선 차량은 개를 못 봤는지 전혀 감속하지 않더라고요. 경적을 울렸는데 경적에 반응한 건 차가 아니라 개였어요. 개 한 마리가 횡단보도 위에 멈춰 서는 바람에 옆차선에서 뒤따라오던 트럭에 부딪힌 거죠."

"저런, 죽은 거예요?"

"네. 그 차는 그대로 달아나고 제가 내려서 가까이 갔을 땐 이미 숨이 멎었더라고요."

"그런 건 뺑소니 신고 안 되나." 기태가 진언을 바라보며 말했다.

"양심이 썩은 거지."

"사람들이 정말 왜 그럴까요?" 현진이 고개를 저은

뒤 와인을 마셨다.

"마지막에요." 작게 한숨을 내쉬며 지혜가 말했다. "멈춰 섰던 개와 잠깐 눈이 마주쳤는데 혀를 내밀고 꼬리를 흔들고 있었어요. 한동안 운전을 못 했어요. 그 마지막 모습이 계속 떠올랐거든요. 그게 제 탓인 것만 같고……"

"지혜 씨 탓이 아니에요. 어쩔 수 없었잖아요."

기태가 조용히 잔을 들어올렸고 현진과 진언도 따라 마셨다. 지혜는 진언이 건네준 나뭇가지를 받아 자리에서 일어났다. 일어선 채로 눈을 감았다가 불길 위로 나뭇가지를 던졌다. 이후에도 기태와 진언이 차례로 이야기했고 마른 나뭇가지를 던져넣었다. 다소 침울해진 분위기는 누군가 대화의 주제를 바꾼 덕에 달라졌다. 그들은 와인잔을 채우고 비우면서 올 한 해가 그들 넷의 인생에서 어떤 의미였는지에 대해서 말했다. 새로 이사한 동네의 풍경과 그들이 공통으로 아는 사람들—지혜와 진언의 결혼식에 왔던 친구와 유명 배우의 이름이 오갔다—의 안부를 나눴다. 그들은 모닥불이 사그라질 때까지 오랫동안 자리를 떠나지 않았다.

지혜는 다른 화제로 대화를 이어가다가도 그 아이를

떠올렸다. 기억 속에서 지혜는 다친 개를 구조해 병원에 데려갔다. 합병증에 고비를 넘기는 일이 반복됐다. 수의사가 말했다. 안락사요? 유기동물보호소로 보내면 됩니다. 거기서 열흘간 입양인을 찾지 못하면 안락사가 진행되죠. 약을 씁니다. 어떤 약이죠? 고통을 줄여주는 약입니다. 버려지고 병든 아이들에게 필요한 약이죠. 마지막으로 지혜가 말한다. 아이들을 버린 사람은요? 그 사람은 어떻게 되죠?

4

"근처에 반딧불이 있다고 했죠?" 모닥불이 꺼져갈 무렵 지혜가 기태에게 물었다.

"맞아. 호수 쪽이라고 했던가?" 진언이 거들었다. 기태는 눈을 껌뻑이며 금시초문이라는 듯 진언을 바라봤다.

"반딧불이?"

"응. 네가 그랬잖아."

"내가?"

"맞아요. 저수지 근처에 반딧불이 서식지가 있더라고요." 기태 대신 현진이 답했다.

"현진 씨도 여기 와보셨구나."

"여기 현진 씨가 추천한 거야. 현진 씨가 이런 데 많이 알거든."

"촬영하다보면 전혀 뜻밖의 장소에서 절경을 만날 때가 종종 있거든요."

"그럼 여기서도 촬영한 적 있어요?"

"여긴 아니고 근처 저수지에서요. 심지어 입수도 했죠. 저수지에 빠져 죽은 귀신 역이었거든요."

"추웠겠다."

"다행히 여름이어서, 시원했어요. 지난여름 엄청 더웠잖아요. 대신 반딧불이 때문에 고생이었죠."

"반딧불이가 왜요?"

"저수지 배경으로 귀신만 딱 걸려야 하는데, 까만 화면에 자꾸 반짝이는 게 뜨니까요."

"전문용어로 미장센이 안 사는 거지." 기태가 끼어들었다.

"CG로 지우면 되지 않아요?"

"그게 벌레 몸통에서 새어나오는 불빛이라 성분이

다르다나, 깨끗이 안 지워진대요. 제작비도 들고……
캄캄한 허공에 대고 에프킬라를 뿌리고 난리도 아니
었죠."

지혜가 먼저 하늘을 올려다보자 하나둘 따라 고개를
들었다. 어스름한 조도에 익숙해져 금방 별빛이 눈에
들어왔고 각기 다른 탄식을 뱉어내며 별무리를 관찰
했다.

"저수지는 어느 쪽이에요?"

"저기 가로등 켜져 있는 곳이요."

현진이 관리소 건물 뒤편으로 흐릿하게 빛나는 흰
점을 가리켰다. 가로등 같기도 하고 누군가 켜둔 랜턴
에서 흘러나온 불빛 같기도 했다. 어림잡아도 가까운
거리는 아니었다.

"가보죠. 더 늦기 전에."

그들은 식은 음식을 한데 모아 버렸고 남은 불씨는
발을 굴려 꺼트렸다. 설기와 임자가 잠에서 깨어나 풀
숲 사이로 느릿느릿 사라졌다.

네 사람은 걷기 시작했다. 랜턴을 든 진언이 앞장섰
다. 관리소를 지나고 야영장을 빠져나오는 동안에도
다른 텐트는 보이지 않았다. 야영장 끝 쪽에 불빛 몇 개가 보였지만 인기척은 없었다. 완만한 경사가 이어지던 길을 억새가 막아 세웠다. 그들은 억새 사이를 뚫고 걸어나갔다. 통행로는 아니어도 사람이 지나갈 수 없는 길은 아니었다.

"지름길이네. 여기."

망설이는 지혜와 진언을 앞에 두고 뒤에서 기태가 말했다. 걸음에 속도를 붙였다. 야영장을 벗어난 지 이십여 분이 지난 뒤였다. 야영장을 벗어나면서부터 가로등은 보이지 않았다. 그들은 처음 정했던 방향을 따라 걸었다. 물비린내가 나는 쪽이었다.

"랜턴 꺼봐요." 지혜가 손을 앞으로 뻗으며 말했다. "반딧불이죠? 저거."

기태와 현진, 진언도 차례로 반딧불이를 보았다. 반딧불이 십수 마리가 그들이 서 있는 곳에서 낮게 날고 있었다. 빛의 세기와 깜빡이는 간격이 저마다 달랐다. 노르스름한 빛깔 위로 주름이 자잘한 고동색 몸통이 보였다. 잿빛 하늘을 유영하던 무리가 높게 솟아올랐다가 맞은편 수풀로 포물선을 그리며 움직였다. 수풀 아래로 가라앉은 무리는 한동안 모습을 드러내지 않았다. 대신 그들 앞에 다른 뭔가가 나타났다.

"저기, 차 아니에요?"

진언이 랜턴을 켰다. 불빛 안에 자동차 보닛이 들어왔다. 지혜와 진언이 타고 온 차와 같은 차종에 색깔도 같았지만 연식은 오래되어 보였다. 불빛이 유리창에 머물자 운전석에 사람이 보였다. 차 안은 안개가 껴 있는 것처럼 희붐했고 고개를 숙인 남자가 보였다. 졸고 있는 것 같았다. 조수석에도 사람이 앉아 있었다. 뒷좌석에 앉은 이들은 어둠에 잠겨 잘 보이지 않았다.

"자는 건가?"

"이런 데서요? 야영장이 바로 옆에 있는데?"

"여기 야영장에선 차에서 자면 불법이래요. 그래서 여기까지 온 걸지도 모르죠. 집 나온 십대나…… 이상한 사람들이겠죠."

지혜가 낮은 목소리로 말했다.

"길이 있나? 어떻게 여기까지 들어왔지?"

"잠깐만. 뭐가 좀 이상해."

기태가 중얼거리며 잰걸음으로 억새를 가로질렀다.

"뭐야, 이거."

조수석과 뒷자리에 랜턴을 차례로 갖다댄 기태는 지혜와 현진이 뒤따라오던 쪽으로 한 걸음 물러선 뒤 웅얼거렸다. 진언이 기태에게 랜턴을 건네받아 차 안을 확인했다. 회백색 연기 사이로 간이화롯대 위에 올려진 검은 조각과 재 그리고 사람의 몸통이 보였다. 주머니에서 휴대전화를 꺼내는 진언의 손이 파르르 떨렸다.

"어떻게 된 거야?"

"죽었어."

"뭘, 태웠어요. 뒷좌석에서."

지혜가 진언이 생략한 말을 뱉어냈다.

"세상에."

"몇 명이나 있어요?"

"네 명인 거 같아요. 뒷좌석에도 둘 있는데."

"죽은 게 확실해요?"

진언이 고개를 끄덕였다. 진언은 휴대전화를 들고 번호가 생각나지 않는다는 듯 머뭇거렸다.

"그래도 살펴봐야죠. 혹시, 살아 있는 사람이 있을지도 모르잖아요."

지혜가 현진과 눈을 마주치며 말했다. 지혜가 조수석 문을 당겼으나 잠겨 있었다. 운전석과 뒷좌석도 마찬가지였다.

"여기 정원 야영장 근처 저수지인데요. 차 안에 사람

이 있는데, 죽은 거 같습니다." 진언이 전화기에 대고 말하는 소리가 진동처럼 울려퍼졌다.

진언은 몇 걸음 떨어져 통화를 이어갔고 세 사람은 어둠 속에 휩싸인 자동차를 바라보고 서 있었다. 돌연히 기태가 자동차 쪽으로 다시 걸어갔고 뒷바퀴 옆에서 쪼그리고 앉아 무언가를 주웠다. 주운 물건을 손바닥 위에 올려두고 살피던 기태가 세 사람이 서 있는 쪽으로 성큼성큼 걸어왔다.

"뭔데?" 진언이 마중을 나가듯 다가가 물었다.

"반딧불이를 잘못 봤나 했는데, 이거 좀 봐봐."

기태는 조심스럽게 손바닥을 폈다. 작은 더스트백 옆에 젖은 흙과 쌀알보다 조금 더 큰 보석 여러 개가 반짝였다.

"큐빅인가?" 지혜가 말했다.

"다이아 같은데요?" 현진이 기태의 손바닥 위에 올려진 그것을 손끝으로 매만지며 말했다. "맞아요. 촬영할 때 본 적 있어요."

"그때 다이아몬드 협찬했던 업체가 티파니였어. 여기 봐봐."

기태는 오른손으로 더스트백을 뒤집었다. 영문으로

적힌 티파니앤코 로고가 드러났다.

그때 맞은편 도로를 따라 사이렌소리가 몸을 불리며 다가왔다.

"어떻게 할까요?"

진언의 말에 누구도 답하지 않았다. 기태가 보석을 챙기는 동안 세 사람은 자동자 쪽을 향해 한 걸음 다가섰다. 요동치는 불빛이 저수지 수면에 반사되며 깜빡였다. 이윽고 소방차와 구급차, 경찰차가 차례로 도착했다. 보호장구를 착용한 소방대원이 작고 가는 망치를 휘둘러 운전석 창문을 깨고 문을 열었다. 매캐한 냄새가 쏟아져나왔고 운전석에 앉아 있던 여자의 상체가 바깥으로 비스듬히 튀어나왔지만 안전벨트를 맨 까닭에 바닥으로 곤두박질치진 않았다. 긴 머리카락이 차문 아래로 쏟아졌다.

"신고한 분이 누구시죠?"

저수지 쪽으로 한 걸음 물러서 있던 그들을 향해 뒤따라온 경찰이 물었다.

네 사람은 차례로 발견 당시 상황을 설명하고 이름을 포함한 신상 정보를 경찰에게 말했다. 경찰이 확인하는 동안 차에 타고 있던 사람들은 하나둘 들것에 실려 구급차 쪽으로 사라졌다. 어둠이 짙어 그들이 서 있는 곳에서는 잘 보이지 않았다. 제복을 입은 경찰 둘이 폴리스 라인을 치고 조명을 터트리며 사진을 찍기 시작했다. 경찰은 돌아가도 좋다고 말했다. 구급차는 이미 사라진 뒤였다.

"죽었나요?"

"조사를 해봐야겠죠."

"자살인가요?"

"필요하면 연락드리겠습니다."

야영장으로 돌아가는 동안 그들은 번갈아가며 뒤돌아보았다. 불빛이 등뒤에서 쏟아지듯 밝게 타올랐다가 사라지기를 반복했다. 야영장에 다다를 때까지도 저수지 쪽에서 흘러나온 빛이 간헐적으로 깜빡였다. 남은 이들이 저수지 근처에서 뭔가를 찾는 거 같았다.

5

네 사람은 현진과 기태의 텐트 안으로 들어갔다. 지혜와 진언이 가져온 텐트와 비슷해 보여도 실내 공간이 두 배가량 넓었다. 넷이 무릎을 맞대지 않고도 앉을 수 있었다. 기태가 품에서 더스트백을 꺼내 현진에게 건넸다.

"왜 거기 있었을까요?"

"그 사람들이 흘린 건가?" 진언이 지혜의 말을 이어 받았다.

"누구?" 기태는 각 티슈에서 휴지를 두 장 꺼내 바닥에 포개두었다.

"누구긴. 차 안에 있던 사람들." 진언이 기태의 동작을 유심히 바라보며 말했다. "그 사람들이 훔친 건 아닐까?"

"그럼 경찰에 말해야 하는 거 아니에요? 어차피 팔 수도 없잖아요." 지혜도 눈길을 보냈다.

"이런 건 일련번호가 붙어 있는 게 아니라서…… 그보다는 다이아가 아니라 큐빅이나 유리일지도 모르죠." 기태가 말했다.

"그걸 어떻게 알아보죠?" 지혜가 물었다.

기태가 천천히 더스트백을 들어올리자 반짝이는 작은 물체가 휴지 위로 쏟아졌다. 총 여섯 개였다.

네 사람은 말없이 맥주를 나눠 마시며 차 안에 있던

사람들을 생각했다. 그건 진짜였다. 맥주는 차가웠고 밤공기는 서늘했다. 바람이 불 때마다 낯선 소음이 지나쳤다.

"가족은 아니었겠죠?" 지혜가 주머니에 있던 핫팩을 꺼내 현진의 손에 쥐어주며 말했다.

"뒷자리에 앉은 사람들이 작아 보이긴 했어요." 현진이 대꾸했다.

"난 못 봤어. 너무 어두웠잖아." 기태가 이마를 문지르며 말했다. "아무래도 금은방에 가서 확인해보는 게 확실할 거 같아요."

"위험하지 않을까?" 진언이 졸린 목소리로 물었다.

"걱정은. 영 찜찜하면 촬영 현장에서 주웠다고 하면 되지. 거짓말은 아니잖아." 기태는 대꾸한 뒤에 작게 기지개를 켰다. 그 순간 텐트 밖에서 뭔가가 부스럭거렸다. 아주 작은 소리였다.

"밖에 우리 말고 또 누가 있나봐요." 현진이 맥주캔을 내려놓고 주변을 둘러보며 말했다.

"아까 걔네겠죠. 설기랑 임자." 진언이 현진의 시선을 따라 고개를 돌렸다.

"아니에요. 밖에 사람이 있는 거 같아요."

현진이 속삭이자 기태가 바깥으로 나가 텐트 주위를 돌고 들어왔다.

"아무도 없어. 그냥, 우리 그림자였을 거야."

한동안 네 사람의 숨소리가 고요히 텐트를 채웠다.

"다들 졸린가보다. 이제 자죠."

"내일은 좀 일찍 출발해요."

진언과 지혜가 차례로 몸을 일으켰다.

"이거, 고마워요."

현진이 따라 나와 지혜의 손에 핫팩을 돌려주었다.

지혜는 텐트 앞에서 담배를 꺼내 불을 붙였다. 아직도 저수지 쪽에서 빛이 들썩이곤 했다. 풀벌레 소리는 잦아들었고 설기와 임자는 여전히 보이지 않았다. 먼저 침낭 속에 들어가 있던 진언은 지혜를 기다리고 있었다.

"안 잤어?"

"잠이 안 오네."

"이 상황에 잠이 오면 그것도 이상하긴 하다."

"그래도 자야 할 텐데."

"괜찮아?"

"별일 없겠지?"

"우린, 주운 거잖아."

"바로 온 게 마음에 걸려."

그때였다. 텐트 밖에서 웅성거리는 소리가 들려왔다.

둘은 대화를 멈추고 귀를 기울였다. 빛무리가 텐트에 맺힌 걸 확인하고 진언이 텐트 입구를 열었다. 예닐곱 걸음 떨어진 기태와 현진의 텐트 앞에 남자가 서 있었다. 기태가 그와 마주보고 서 있었다. 곧이어 텐트 안에서 현진이 나타났다.

"누구지? 경찰인가?"

"아니야. 옷이 다른데? 체구도 작고."

"뭐라고 하는 거 같은데, 들려?"

지혜가 고개를 저었다.

"가볼까?"

"잠깐만 있어봐."

현진이 지혜와 진언이 있는 텐트를 가리켰고 기태도 그들 쪽을 바라보며 고개를 끄덕였다. 한 남자가 천천히 그들 쪽으로 걸어왔다. 불빛이 바닥과 텐트 사이를 비췄다. 남자는 뭔가를 끌며 느린 속도로 걸었다. 낮에 봤던 관리인이었다. 진언이 텐트 밖으로 나와 관리인이 오는 방향으로 다가섰다. 관리인은 진흙이 잔뜩 묻은 삽을 들고 있었다.

"무슨 일이죠?" 진언이 다가오는 관리인을 향해 말했다.

"맞네."

"네?"

"신고하신 분이죠?"

"뭘요."

"저기, 저수지에서, 경찰에 신고하셨잖아요."

"그런데요?"

"말없이 그냥 신고해버리면 어떻게 합니까?"

"아니, 사람이 죽었는데 그럼 어떻게 할까요?"

"아까 낮에 내가 분명히 말했잖아요. 무슨 일이 있으면 전화를 하라고. 그리고 저기요, 저거."

관리인은 랜턴 불빛으로 모닥불 피웠던 자리를 가리켰다.

"장작 가져다 쓰셨죠?"

"네?"

"자꾸 말 두 번 하게 만드시네. 관리동 옆에 있던 장작 말입니다."

"의심하시는 겁니까? 우리가 가져온 겁니다. 영수증

보여드려요?"

"저기, 선생님 차죠?" 관리인은 텐트 뒤편의 차를 랜턴으로 가리키며 말했다. "잠깐 차 좀 볼 수 있을까요?"

관리인은 말을 마치기도 전에 차 쪽으로 걸어갔다.

"차는 왜요?"

"여기에는 없고." 관리인은 진언의 말을 들은 체도 하지 않고 차 내부를 훑어보며 웅얼거리듯 내뱉었다. 그때 멀리서 지켜보던 기태가 빠르게 다가와 관리인 옆에 섰다.

"죄송합니다. 제가 아까 장작 몇 개를 허락 없이 가져왔습니다. 저희가 가져온 게 있는데 날씨도 춥고 좀 모자랄 거 같아서, 실수를 했네요. 여기 친구들은 모르는 일이에요."

"몇 개나요?" 관리인이 모닥불 쪽으로 걸음을 옮기며 물었다.

"열 개도 안 돼요. 제가 내일 아침에 계산할게요."

"거, 하지 말라는 건 하지 마시고. 가져온 건 고스란히 다 가져가세요. 아침에 내가 다 확인합니다. 안 그러면 내가 아주 피곤해요." 남자는 랜턴으로 사이트 여기저귀를 비춰가며 말했다.

관리인은 천천히 어둠 속으로 사라졌다. 지혜는 쉽게 잠들지 못했다. 진언이 코를 골기 시작한 뒤에도 잠이 오지 않았다. 공기 중에 나무 타는 냄새가 은은하게 떠돌았다. 이따금 눈을 떠도 암흑뿐이었다. 그러다 미세한 날갯짓 소리에 눈을 떴을 때 반딧불이가 보였다. 텐트 안에 있는 걸까, 아니면 밖인가. 어디쯤에 있는 걸까. 어디선가 개가 짖었다. 지혜는 침낭 지퍼를 눈썹 위까지 잡아 올렸다. 밖은 너무 추울 텐데…… 눈을 감아도 불빛이 느껴지고 멀리 소리가 들렸지만 이미 찾아온 졸음을 떨칠 순 없었다.

0

현진과 기태는 캠핑에서 돌아온 뒤 얼마 지나지 않아 헤어졌다. 진언은 친구들 모임에서 기태를 만났고 직접 소식을 들었다. 다 잊었다고 했다. 다시 한 해가 지났다. 지혜와 진언은 여섯번째 결혼기념일을 맞아 동해를 다녀왔다. 겨울바다가 보이는 리조트에서 하룻

밤을 보내고 집으로 돌아가는 길에 야영장이 있던 곳을 지나쳤다.

"이쯤 아니었나?" 신호 대기 중 지혜가 표지판을 바라보며 말했다.

"뭐가?"

"작년에 반딧불이 보러 간 곳."

"반딧불이를 보러 간 건 아니었지."

"잠깐 들렀다 갈까?"

"왜?"

"그냥 확인하고 싶어서."

진언이 차선을 바꾸며 말했다.

그날 야영장에서 주운 건 다이아몬드가 아니라 다른 방송사에서 촬영을 왔다가 흘리고 간 모조품이었다. 더스트백 안감에 방송사 로고가 붙어 있는 걸 다음날 아침 발견해서 누군가 인근 풀숲에 던져버렸다. 밝은 볕에 난반사되며 반짝이는 모조품은 더없이 조악해 보였다.

지혜와 진언은 야영장 입구 컨테이너 앞에 차를 세우고 관리인을 기다렸다. 진언은 시동을 켠 채로 운전석에서 내려 주변을 둘러보았다. 주차된 차량도, 텐트도 없었다. 설기와 임자도 보이지 않았다. 아무도 없었다. 지혜는 컨테이너 맞은편 억새 군락지를 향해 걸었다. 물비린내가 났고 이편에서 보이는 건 억새뿐이었다.

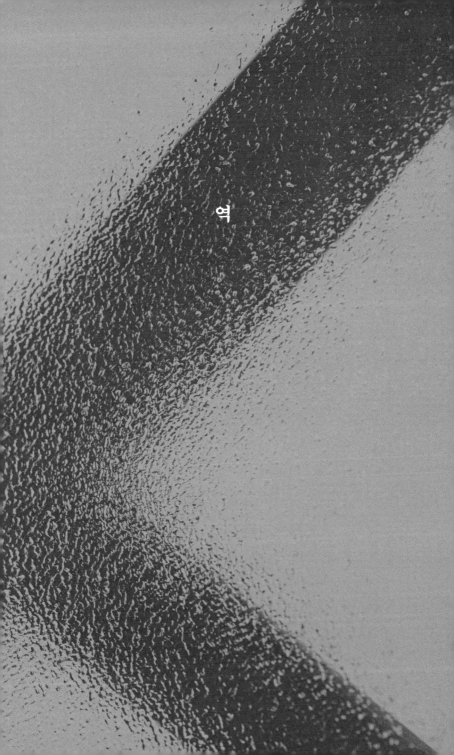

역

꼭 소설을 쓰고 싶었던 건 아니다. 하고 싶은 이야기가 몇 개 있었는데 어떻게 써야 할지 몰랐다. 그래서 매주 수요일 저녁 한 출판사에서 진행하는 온라인 강의를 들었다. 소설 창작 과정만 해도 개설된 강좌가 꽤 많아서 하나씩 살펴보며 수준에 맞는 강의를 택했다. 내가 고른 강의는 초급반에 가까웠다. 강사 이름은 생소했지만 커리큘럼이 마음에 들었다.

막상 수업이 시작되자 따라가기가 쉽지만은 않았다. 낯선 용어가 심심치 않게 튀어나왔고 매주 과제가 있었다. 다른 이들의 글을 읽으면서 용기를 얻었다. 그 사람들이 글을 못 썼다는 게 아니라 좋은 본보기가 되었다고 할까. 하루 두 시간. 시간을 내어 뭐라도 써보자고 중얼거리면서 어떻게든 분량을 채웠다. 내용이야 어떻든 그걸로 만족했다. 게다가 강사는 비판에 인색한 사람이었다. 틈만 나면 칭찬했고 시시한 질문에도 성실히 답했다.

수업 인원은 강사를 제외하고 여섯 명이었는데 수강생 모두 익숙하게 화상 회의 프로그램을 사용했다. 강사가 수업 전에 웹사이트 주소를 메일로 보내주었다. 수강생은 각자의 방에서 컴퓨터나 휴대전화를 이용해 화면 속으로 모여들었다. 나는 첫 수업에는 컴퓨터에 프로그램을 설치하느라, 두번째 수업에는 마이크 문제로 10분씩 늦었다. 먼저 화면을 차지하고 앉은 이들은 지각에 대처하는 일에도 능숙했다. 강사는 하던 말을 잠시 중단하고 인사를 건넨 다음 신속하게 수업을 이어나갔고 수강생들은 채팅창에 환영의 메시지를 올렸다.

세번째 수업에는 일찌감치 출석해서 수강생들이 하나둘 모여드는 모습을 지켜보았다. 헤드셋을 쓰고, 음료를 준비하고, 누군가 음소거를 하지 않아 야단스러운 소음이 섞여 들릴 때도 표내지 않고 자리를 지켰다. 그제야 이 수업의 일원이 된 것 같았기에 다음 시간에도 서둘러 출석했다.

네번째 수업 주제는 '레퍼런스'였다.

"지구상 모든 존재는 서로가 서로의 변형된 사본이라는 말 들어보셨나요? 생명체는 서로 모방하고 모사하면서 끊임없이 진화해온 셈이죠. 창작의 영역에서도 크게 다르지 않습니다." 강사는 거기까지 말하고 잠시 머뭇거렸다. 나는 교재를 확인했다. 거기에는 하늘 아래 새로운 건 없다는 말이 적혀 있었다. '이미 지구를 만든 그분이 다 해먹었다는 생각이 든다면, 돈 워리! 다른 하늘을 만들어내면 됩니다.' 강사의 말은 교재와 조금 다르게 흘러가는 듯했으나 정확히 어떤 차이인지 구분할 수 없었다. 다른 행성이라고 예외가 아니라는 말일까. "여러분이 보고 계신 화면에 백 명이 있다고 해보죠. 음, 이왕 상상하는 거 그 백 명에게 더 많은 걸 부여해보죠. 서로 다른 언어를 사용할 뿐 아니라 다른 행성에 산다고요. 그들이 자기소개를 시작합니다. 주어진 시간이 짧기에 정보량은 무척 제한적이죠. 아, 기본적으로 통역기는 제공됩니다. 첫 참가자가 말합니다. 나는 깐따삐야 별에서 왔습니다. 가수가 되고 싶거든요. 작사를 배우려고 이 강좌를 신청했습니다. 두 번째 참가자가 마이크를 이어받습니다. 저는 화성에서 왔어요. 농사를 짓습니다. 반려 농작물에게 이야기를 들려주고 싶습니다. 소개는 계속되고 백 명의 이야기는 백 개의 우주가 됩니다. SF 소설을 쓰자는 게 아니고요. 제가 하고 싶은 말은 타인의 삶에는 고유한 이야기가 있다는 겁니다. 삶은 그 자체로 다듬어지지 않은 원전, 레퍼런스입니다. 그 삶을 어떻게 재구성하고 상상력을 덧대 맥락을 만들지는 결국 창작자의 몫이고요. 불행히도 인간은 자신의 삶을 서술할 언어가 빈약합니다. 자기 연민, 자기 비하 혹은 오만에 빠지기 쉽죠. 그래서 다른 우주를 품은 타인의 삶이 필요한 겁니다."

이어서 강사는 다음 시간까지 제출할 과제를 설명했다.

"가족, 친구와의 대화를 녹음하고 이를 바탕으로 녹취록을 작성하시면 됩니다. 정 어려우면 카페에서 옆 테이블에 앉은 이들의 대화를 속기사처럼 받아 적는 것도 좋고요."

그는 200자 원고지 50매 내외의 분량을 채워야 한다고 했는데 이를 낭독하면 15분 정도가 되니 참고하라고 했다. 또한 사적인 대화를 공개하는 만큼 적당히 윤색할 것을 요구하면서 잔기술을 하나 알려주었다. 단어만 바꾸라고 했다. 가령 키스는 청소로, 욕설은 과일명으로, 사람 이름은 좋아하는 배우 이름의 성만 바꿔서. 강사의 말이 끝나자마자 수강생 한 명이 대화창에 예시 문장을 입력했다. '그날 밤, 윤준호가 갑자기 우리집에 와서 청소를 하는 거 있지. 말도 않고 한 30분 했나. 대청소였어. 망고, 파인애플 좋더라.'

나는 과제를 전해듣자마자 머릿속을 맴돌던 질문을 곱씹느라 대화창을 나중에 확인했다. 그에 앞서 유튜버의 멘트를 받아 적는 것도 괜찮을지 물었다. 강사는 잠시 고민하더니 나쁘지 않다고 했다. 대신 알려지지 않은 영상을 택하라고 조언했다. 참가자들은 별다른 반응을 보이지 않았다. 유튜브를 활용할 사람은 없을 거 같았다. 그 질문을 한 데는 그럴 만한 이유가 있었다. 회사를 제외하면 나는 누군가와 대화할 일이 도통 없었고 사람들로 북적이는 카페는 질색이었기 때문이다. 최근 대화라고 부를 만한 건 수업 시간에 강사와 나

눈 질의응답이 전부였다. 그렇다고 그 문답 내용을 과제로 제출하기에는 분량이나 내용면에서 적절하지 않았으니 얼른 대안을 모색해야 했다.

염두에 둔 유튜브 채널은 '인사이드 인터뷰'였는데 대부분의 영상이 운영자가 마이크 앞에서 시청자를 향해 말하거나 다른 유튜버와 대화하는 형식이라서 스크립트를 작성하기에 적합할 거 같았다. 영상 시간도 강사가 제안한 15분 내외였고 운영자는 유명하지도 않았다. 그냥 내가 아는 사람이었다. 고등학교 방송부 한 학년 선배였던 그는 좀 특이한 사람이었다. 방송부원들에게 썰렁한 이야기를 농담이나 퀴즈처럼 전하곤 했는데 멀끔한 외모와는 달리 그의 이야기는 무척이나 느닷없고 직설적이었다. 남들은 2학년 1학기 때 한 달씩 진행하는 점심 방송을 그는 2학기가 되어서야 맡게 되었고, 그마저도 일주일을 채우지 못한 채 마이크를 내려놓아야 했다. 나흘째 되는 날 자신이 직접 겪은 일이라면서 털어놓은 이야기 때문이었다. 9월인데 아직도 덥다면서 오싹한 이야기를 해주겠다는 멘트와 함께였다. 그건 의심할 여지없이 내 이야기였다.

나는 고등학교 1학년 2학기에 방송부 부원이 되었

다. 이른 등굣길에 우연히 만난 선배는 나를 방송실로 이끌었다. 방송실에 설치된 콘솔 조작법을 알려주고 녹음실에 들어가 능숙하게 기기를 조작했다. 외부 송출 버튼을 껐고 방송실 내부 스피커에만 불이 들어오게 한 뒤에 음악을 틀었다. 음량을 서서히 내리고 마이크를 켜자 스튜디오 안쪽 온에어 등에 불이 들어왔다. 선배는 특별히 게스트를 모셨다면서 내 이름을 말했다. 방송이 되지 않는다는 걸 알면서도 나는 몹시 긴장했다. 선배는 내가 앉은 자리에 놓인 마이크의 전원을 켰다. 거기에도 불이 들어왔다. 이름과 나이와 가족 관계를 물었고 나는 하나씩 답했다. 답이 짧다고 나를 타박하면서 이번에는 지난 여름방학에 어디를 갔고 뭘하며 놀았는지 물었다. 나는 할머니 집에서 일주일간 지냈다고 했다. 뭐 재밌는 일 없었느냐는 선배의 질문에 할머니 집에서 머물던 마지막날 밤에 있었던 일을 말했다. 실은 수년 전에 겪은 일이었지만, 뭐든 말해야 이 시간이 끝날 거 같았다.

화장실에 가던 길에 마당에서 귀신을 만난 적이 있다고 했다. 그 귀신은 옆집 누나였다. 봄에 실종되었다가 가을에 저수지에서 발견된 누나. 그 누나가 물에 젖은 채로 서 있었다고. 선배는 계속 물었다. 누나는 어떤 사람이었고, 그 봄에 무슨 일이 있었으며 마당에 선 누나의 모습이 어땠느냐고. 나는 기억나는 대로 답을 하다가 멈춰 섰다. 입을 다문 나를 선배가 빤히 바라봤다. 마침 1교시 시작을 알리는 종소리가 울렸다.

선배가 졸업한 뒤로는 소식을 듣지 못했다. 지난 강의를 들으면서 불현듯 그 선배가 떠올랐고 선배의 이름을 검색창에 입력해본 적이 있었다. '영역'이라는 특이한 이름 탓에 그 선배의 안부는 찾을 수 없었다. 그러다 별안간 유튜브 알고리즘이 우측 화면에 섬네일을 하나 보여줬다. 곰 탈을 뒤집어쓴 남자가 등장해 자신을 소개했다. 선배였다. 선배는 자신의 본명을 그대로 사용했다. 고저 없는 목소리, 냉소와 의혹을 두른 채 상대를 몰아세우는 듯한 말투도 그대로였다. 곧장 영상 몇 개를 살펴보았다. 채널 정보란에 전 세계 유튜버를 총망라한 유튜버 인명사전이라는 설명이 무색하게 올라온 영상은 여덟 개뿐이었다.

네번째 수업이 끝난 날 밤, 나는 선배의 콘텐츠를 순서대로 일별하면서 최근에 올린 영상을 재생하고 멘트를 받아 적기 시작했다.

00:04 번역

안녕하세요. 인사이드 인터뷰, 영역입니다. 오늘은 구독자 1만 명 달성을 기념해서 제 이야기로 시작하죠. 1만 유튜버가 되기까지의 여정이랄까요? 벌써 지루하다고요? 바쁜 선생님들은 오프닝은 건너뛰어도 무방합니다. 1.5배속으로 보셔도 괜찮고요. 2배속은 좀 곤란합니다. 제가 발음은 나빠도 말은 좀 빠른 편이지 않습니까. 대신 핵심만 말할게요. 구독자 선생님들의 시간은 소중하니까요.

제 본업은 출판 번역입니다. 의뢰가 오면 일단 긍정적으로 검토하는 편이지만 최근에 작업량이 부쩍 줄었습니다. 4분의 1쯤? 영상 편집하는 데 시간이 어마어마하게 들더라고요. 그러니 원고를 들여다볼 시간을 줄일 수밖에요. 간혹 궁금해하시는 분이 있습니다. 번역은 이제 안 하시는 건가요? 왜 때려치우신 거죠? 그 질문에 저 대신 댓글로 답해주신 분이 계시더군요. 10년 안에 사라질 직업 1위, 번역가. 제 생각은 좀 다르지만 어쩌겠습니까, 설문조사 결과라는데. 제가 느끼기에도 번역기가 제법 그럴싸하게 일을 수행하긴 하더군요. 아직은 변환 수준에 가깝긴 하지만요.

저는 매체의 수용성 측면을 살펴보고 싶습니다. 구독자 선생님들, 최근 몇 년간 서점에서 책을 사신 적 있나요? 도서관에서 책을 빌린 적은요? 마지막으로 완독한 책은 무엇인가요? 당황하실 필요 없습니다. 독서라는 행위가 이력서에나 등장할 만큼 출판 시장은 마이너한 산업이 되어버린 지 오래니까요. 그래도 가끔 원 콘텐츠로 언급되는 영광을 누리기도 합니다. 굿즈를 받으려고 장바구니에 책을 오만 원어치씩 담던 게 엊그제 같은데 어느새 책도 굿즈처럼 변해버린 겁니다. 제가 번역한 책 중에 1천 부도 안 팔린 책이 태반이고요. 반면 이 영상을 업로드하면 1천 뷰를 넘는 데 얼마나 걸릴까요? 길어야 하루일 겁니다. 다 구독자 선생님들 덕분이죠.

시작은 2018년 8월, 어느 무더운 여름날이었습니다. 업무 미팅을 마친 뒤 카페에 앉아서 담당자에게 건네받은 원서를 살피고 있을 때 예전에 함께 일했던 다른 출판사의 편집자가 인사를 건네더군요. 일거리를 좀 주려나 싶어 이런저런 이야기를 나눴는데 최근에 작업한 신간이라면서 책을 한 권 주더군요. 『시체라도 괜찮아』, 책 제목이 그랬습니다. 영국에서 활동하는 장의사이자 유튜버가

쓴 책이죠. 이 책 상당히 재밌습니다. 지루할 틈이 없더군요. 작가의 데뷔작 『오늘은 인간, 내일은 시체』는 말할 것도 없고요. 편집자가 그러더군요. 불과 얼마 전까진 저자 발굴을 위해 출판 에이전시가 보낸 리스트를 검토하고 언론 기사를 찾아 읽었는데 이제는 유튜브라면서, 즐겨 보는 유튜브 채널이 있으면 소개 좀 해달라고요. 그러고는 새로 바뀐 명함을 건넸습니다. 기획편집팀에서 콘텐츠사업팀으로 부서명이 바뀌었더군요. 그리고 아마존이나 굿리즈에서 서평을 찾아보듯이 새로운 작가, 신선한 작품을 찾아 유튜브를 살펴보는 게 중요한 일과라는 말을 들었습니다. 아, 요즘은 유튜버도 책을 내는구나. 그게 번역이 되어서 나오네? 심지어 베스트셀러야? 편집자와 헤어지고 다시 원서를 들여다보는데 이런 생각이 들었습니다. 내가 직접 유튜브를 해보면 어떨까?

실은 그즈음부터였을 겁니다. 저 역시도 아마존보다 유튜브를 기웃거리는 시간이 더 길어진 게 말이죠. 이럴 바에야 업을 바꿔보자 싶었던 거죠. 조지 오웰의 소설을 좋아해서 원서를 들춰보다가 이 길로 들어섰으니 유튜브 콘텐츠를 즐겨 본다면 못 할 것도 없겠지. 일단 채널만 만들어보자. 어디서 그런 자신감이 생겨났을까요? 너무 늦은 건 아닐까, 며칠 고민만 하다가 결심했죠. 고민할 시간에 하루라도 빨리 실행에 옮기자. 수익이 나지 않는다고 한들 어디 번역만 할까 싶었습니다.

01:55 입문

유튜브를 처음 시작할 때 뭐부터 해야 할까요? 장비부터 사는 사람도 있고 심지어 스튜디오부터 만드는 사람도 봤습니다. 다들 아시겠지만, 중요한 건 콘텐츠죠. 제가 할 수 있는 콘텐츠가 뭘까 따져봤습니다. 할 수 있는 것보다 할 수 없는 걸 제하고 나니까 선택이 수월해지더군요. 명색이 번역가이기도 하니 전공을 살리는 게 좋겠다고 생각했죠.

구독자 선생님들, 『파리 리뷰』라고 들어보셨나요? 프랑스 파리에서 창간한 문학잡지로 지금은 미국 뉴욕에 적을 둔 매체인데요. 어니스트 헤밍웨이, 버지니아 울프, 레이먼드 카버…… 이름은 들어보셨죠? 테스트하는 게 아닙니다. 관심이 없으면 모를 수도 있죠. 저도 아이돌 멤버 이름은 핑클 이후로 업데이트가 멈췄거든요. 어쨌든 『파리 리뷰』라는 잡지에는 20세기를 대표하는 작가부터 떠오르는 신예 작가의 목소리까지 고루 남아 있습니다. 전문 인터뷰어가 작가의 생애며, 작품에 대해 웅숭깊은 대화를 이어가고 그걸 멋지게 편집해서 제공하는 매체인데요. 그걸 좀 벤치마킹하자 싶었죠. 물론 큰 차이가 있습니다. 설명 안 해도 짐작하시겠지만, 유튜버와 작가는 꽤 다르죠. 하지만 마냥 다르지만도 않습니다. 모두 콘텐츠를 만들어내는 '크리에이터' 아니겠습니까? 전 세계 유튜브 크리에이터들의 목소리를 집대성한 채널. 그게 목표였습니다. 창대하게 시작하고 싶었죠.

선생님들, 전 세계에서 가장 많은 수익을 올리는 유튜브 채널이 어딘지 아십니까? 2018년부터 지난 4년간 라이언이라는 이름의 십대 소년이 신상 장난감을 소개하는 〈라이언의 세계〉가 그 자리를 차지하고 있습니다. 채널 관리자에게 메일을 보냈는데 답장은 오지 않았죠. 당연한 결과였습니다.

전략을 대폭 수정했습니다. 먼저 체급을 맞추기로. 국내에는 알려지지 않은 해외 유튜버를 발굴하기로 한 거죠. 세상에는 또라이의 수만큼이나 번뜩이는 아이디어를 지닌 크리에이터들이 참 많더군요. 열여덟 시간 동안 카메라를 노려보고 웃는 사람, 커다란 얼음덩어리를 밀고 미국 전역을 순례하는 사람, 전 세계를 돌아다니며 비싼 돈을 주고 쓸모없는 물건을 수집하는 사람…… 그들은 더 많은 구독자가 필요했고 한국 시장은 매력적이었을 겁니다. 최근 영상을 한국어로 번역해준다는 조건을 내걸고 인터뷰를 진행할 수 있었습니다. 그들이 제작한 영상을 재편집해서 활용해도 좋다는 허가도 처음부터 고수했던 조항이었고요. 간혹 오해하시는데 제가 영상을 재가공한다고 해도 해당 영상의 저작권은 원저작자에게 있습니다. 콘텐츠는 부동산과 같거든요. 그들의 영역을 제가 잠깐 빌려 쓸 뿐이죠. 일종의 월세, 아니 팝업 스토어랄까.

섭외가 쉽진 않았지만 구독자와 조회 수가 늘어날수록 그에 비례하여 실패보단 성공 횟수가 늘었죠. 섭외가 될 만한 크리에이터를 선별하는 감이 생긴 탓도 있을 겁니다. 그렇게 차근차근 콘텐츠를 만들어나갔습니다.

03:36 캐슬

정체기도 예상보다 일찍 찾아왔습니다. 구독자 수가 꿈쩍도 하지 않더군요. 뭘 해도 구독자가 안 느니까, 뭘 하기가 싫어지더라고요. 또하나, 꾸준히 증가하는 '싫어요' 숫자와 악플을 다는 이들까지 합세하여 슬럼프를 부추겼습니다. 먹방이라도 해야 하나, 아니면 영화 예고편이라도 그럴싸하게 편집해서 이야기를 만들어볼까 고민하던 어느 날, 유튜브의 신비한 알고리즘이 영상 하나를 보여 줬습니다. '스토리무브먼트CA'에서 만든 영상이었죠. 한국계 캐나다인 케빈 조가 운영하는 채널이었는데요. 세계에서 일어나는 기이한 일을 풍성한 입담과 기괴한 이미지로 풀어내는 스토리텔링형 채널이랄까요? 처음 봤을 때 구독자는 17만 명 정도였을 겁니다. 위키백과에도 없고 구글링을 해도 나오지 않는 신선한 소재가 넘쳐나더군요. 스토리텔링 능력도 나쁘지 않았죠. 솔직히 어지간한 HBO 드라마나 넷플릭스 다큐보다 나았습니다. 재생 목록도 살펴보았습니다. 이런 제목이 눈에 띄더군요. '오펜하이머의 산스크리트어 수업' '흑색화약과 알프레드 노벨의 세계일주' '마리 퀴리와 라듐 1그램' '대니얼 디펜스 공동묘지를 지키는 관리인들' '레밍턴 스틸의 숨겨진 살인사건' '맹그로브숲을 돌보는 괴물과 세 명의 아이들' '반딧불이 캠핑장과 저수지의 시체들' 등등 현실과 허구를 뒤섞는 기묘한 이야기들이었습니다. 알고 보니 운영자가 토론토예술대학교 문예창작과 출신이더군요. 스토리와 이미지만으로 15분을 꽉 채우는 솜씨가 일품이었습니다. 요즘 영화나 소설을 딱 흥미로운 부분까지 편집해서 보여주는 채널들 많잖아요? 그런 채널들의 전범이라고 할까요? 아니면 확장판이라고 해야 하나? 여기엔 기승전결이 죄다 들어 있거든요. 빌드 업이 기가 막히더라고요. 무엇보다 오리지널이었죠.

특이한 점은 또 있었는데 마치 시즌제 드라마처럼 재생목록마다 하나의 시리즈, 거대한 유니버스를 만들어놓는다는 점이었습니다. 꼬리에 꼬리를 물고 이야기가 진행되게끔 말이죠. 제가 가장 인상적으로 본 시리즈는 〈크리에이티브 캐슬: 사라 윈체스터의 성 아티스트 레지던시〉였습니다. '엽서'라는 제목이 붙은 프롤로그부터 시작하는 이야기인데요. 총 6부작으로 유일하게 미완성으로 남은 작품이었습니다. 유독 눈길이 갔던 이유 중 하나는 이 시리즈만 케빈 조가 일인칭 화자로 등장한다는 점이었죠.

구독자 1만 명을 기념해서 오늘 제가 하려는 진짜 이야기가 이겁니다. 〈크리에이티브 캐슬: 사라 윈체스터의 성 아티스트 레지던시〉.

이야기를 시작하기에 앞서 중요한 안내 사항이 있습니다. 운영자 케빈 조와는 끝내 인터뷰를 하지 못했습니다. 영상 파일을 건네받고 편집 권한에 관한 계약서에 서명까지 한 상태에서 운영자가 증발해버리고 말았거든요. 기다리고만 있을 순 없었죠. 업데이트는 구독자 선생님들과의 약속이니까요. 다른 콘텐츠를 제작하고 내보내는 중에도 한 번씩 채널을 기웃거리며 그의 흔적을 쫓았습니다. 공교롭게도 제 채널 구독자가 1만 명을 넘어서던 닷새 전에 케빈 조의 채널이 폭파되었습니다. 제가 소개하는 채널이 사라지는 일은 처음 겪는 일이다보니 당황할 수밖에요. 게다가 아직 영상을 내보내기도 전이었으니…… 난감했죠. 같은 날 케빈 조에게 '최종'이란 말머리를 달아 메일을 보냈는데 아직도 답이 없네요. 비록 인터뷰는 무산됐지만 일찌감치 허락을 구했으니 건네받은 영상만 편집해서 소개하려고 합니다. 때로는 작품을 통해 그 작가에 대해 더 많은 걸 알아낼 수 있는 법이니까요.

05 : 40 엽서

이 기록은 로버트 윌슨이 보낸 한 장짜리 엽서에서 시작했다. 그는 이 엽서에 메시지를 남겼다. 메시지는 두 가지 측면에서 특별했다. 첫번째는 메시지의 형식이고 두번째는 메시지의 내용이다. 그 엽서는 암호문으로 적힌 내부고발 문건으로 로버트 윌슨은 이 엽서를 자신이 근무하던 토론토예술대학교 문예창작과 사무실로 발송했는데 당시 과 사무실에서 근무하던 조교는 엽서를 받고 아무런 조치를 취하지 않았다. 암호를 해독하지 못했기 때문이다. 우연한 기회로 내가 과 사무실을 찾지 않았다면 그 엽서는 버려졌을 것이다. 암호를 해독하자 긴급한 메시지가 떠올랐다. 캐나다 애드먼트주에 위치한 한 성에서 벌어지는 기이한 행태에 대해 하루빨리 조사해달라는 요청이었다. 수많은 창작자들이 죽거나 실종되었다고 했다.

"형도 알잖아요, 교수님이 워낙 장난을 많이 치시니까." 왜 이렇게 시간이 지체되었는지 묻자 조교는 얼굴을 붉히며 대꾸했다. "그리고 이 사진이요." 조교는 엽서를 뒤집고 숲과 호수가 나란히 담긴 사진을 가리켰다. "그냥, 이 사진 때문에 보낸 줄 알았어요. 나 여기 있다고, 자랑하려고."

그날부터 총기 제조사 윈체스터와 사라 윈체스터의 성에 관한 본격적인 조사에 착수했다. 한 달 가까이 조사하는 동안 수상한 사람들이 따라붙곤 했다. 자료 조사에 한계를 느낄 즈음 성 내부에 들어가기 위해 레지던시 프로그램에 지원했고 두 번의 시도 만에 초청장을 받았다. 마침내 조사를 이어갈 수 있었다. 물론 비밀을 유지한 채 말이다. 성 곳곳을 돌아다니며 연도별로 사례를 수집하고 확인했다. 로버트 윌슨 교수의 흔적은 찾았지만 만나진 못했다. 그는 이 성 어딘가에서 증발해버린 거 같았다. 성을 수색하는 동안 지배인으로부터 숱하게 의심의 눈초리를 받았다. 언제까지 버텨낼지 장담할 수 없는 처지다. 더 늦기 전에 지금까지 취재한 내용을 기록해둔다. 여기에 언급된 이름은 모두 가명이지만 그들의 이야기는 모두 의심할 여지없이 사실이다. 또한 생몰년은 취재한 바에 입각해 기재했다.

06:52 역사

미국은 19세기 후반에 이르러 소총 양산 시스템을 갖추게 되었는데, 수동식 연발 소총이 처음으로 개발된 것도 이때였다. 빌 윈체스터와 사무엘 콜트 등 총기 제조업자들이 나타나 독보적인 성능을 가진 총을 생산해내기 시작한 것이다. 코네티컷의 셔츠 제조업자였던 빌 윈체스터가 설립한 윈체스터는 수십 종의 라이플과 산탄총 그리고 개량된 탄약을 개발하고 판매하며 미국 최대의 총기 생산업체로서 총기 문화의 전국적인 확산에 기여했다. 여기에는 우연도 작용했다. 셔츠 제작 공정이 총기 제조 공정과 유사했던 것이다. 옷깃의 형태를 잡는 기계가 총열을 바로 세웠고 단춧구멍을 내는 프레스는 가늠자의 구멍을 냈으며 소맷부리에 꿰던 단추는 개머리판을 장식했다. 옷감을 매만지던 노동자들은 쇳덩이를 만지는 데도 능숙했기에 총 한 자루가 완성되는 시간이 셔츠 한 벌을 만드는 시간과 맞먹을 정도로 짧았다. 셔츠를 유통하던 업자들도 호응했다. 그들은 계산대 위에 라이플과 권총을 나란히 거치해두고 총기를 구입하면 사은품으로 셔츠를 증정하는 판촉 활동에 열을 올렸다.

총기 사업으로 성공 가도를 달리던 빌 윈체스터는 별안간 캐나다의 한 도시에 성을 짓는다. 그의 손녀딸 사라 윈체스터가 남편과 딸을 잃은 슬픔을 위로할 목적이었다. 1884년에 착공한 성은 후기 빅토리아 양식을 따르고 있으나 공사가 지연되면서 1922년에 사라 윈체스터가 사망할 때까지 증축을 멈추지 않아 알 수 없는 양식의 기괴한 모습이 되었다. 사라는 본인이 직접 그린 설계도를 건축가에게 내밀었다. 복도는 미로처럼 꺾여 있었고 출입문이 없는 방, 공중에 떠 있는 계단, 길이 끊겨버린 통로 등 기묘한 설계도였다. 성의 건립까지는 20년이 걸렸고 완공 직후 사라는 알 수 없는 사고로 자신의 성에서 사망했다. 의사가 급히 왕진을 왔지만 사라를 발견하기까지 시간이

너무 오래 걸렸다.

한동안 폐쇄적으로 운영됐던 성은 사라의 유언에 따라 30년이 지나서야 '크리에이티브 캐슬'이란 이름으로 젊은 창작자를 위한 레지던시 프로그램을 운영했다. 그로부터 수십 년간 운영되어온 프로그램임에도 레지던시를 다녀온 이들의 후기는 찾을 수 없었다. 대신 이런 소문이 돌았다. 윈체스터가 발명한 총기에 의해 죽은 자들이 성으로 모여들었다고. 죄책감과 자괴감에 빠진 사라 윈체스터는 그들과 계약을 맺고 그들의 불멸을 보장했다는 것이다. 그 결과 수많은 작가들이 그들의 입과 손이 되었으며 끝내 몸이 되었다는 이야기였다.

07:43 데미안 코언 (소설가, 1949~1989)

데미안 코언은 1989년 4월 10일에 입주했다. 그는 코네티컷에서 나고 자랐다. 데미안의 아버지 조너선은 소를 몰고 농로를 건너던 중 옥수수 농장을 운영하던 농부가 쏜 총에 맞아 즉사했다. 농부는 조너선이 소를 쫓는 곰인 줄 알았다며 자신의 잘못을 시인했다. 데미안은 다니던 농업대학을 중퇴하고 조너선을 기리는 마음으로 아버지에게 전해들은 이야기를 소설로 썼고 그 소설이 바로 『카우보이의 시』였다. 출판사에서 건네받은 인세를 1년 만에 도박으로 탕진한 그는 차기작에 골몰한다. 다행스럽게도 아직 조녀선에게 물려받은 땅과 집이 남아 있었다. 유산은 또 있었다. 바로 체크무늬 셔츠 세 벌이었다. 모두 윈체스터사의 셔츠였다. 그는 셔츠를 입고 소설을 쓰곤 했는데, 그 덕택에 셔츠 소매가 새까맣게 변색되어버렸다. 빨아도 볼품없는 지경에 이르러서야 새 셔츠를 구입할 마음이 생겼다. 두번째 소설이 완성 단계에 접어들었을 때 그는 윈체스터 매장에 들어섰고 거기서 크리에이티브 캐슬 프로그램 전단을 발견했다. 다음날 그는 입주 계획서를 점주에게 전달했고 한 달 뒤 선정 통보를 받았다. 그의 입주 계획서에는 자신의 두번째 장편소설 시놉시스와 소설의 성공 가능성에 대한 장황한 설명이 기재되어 있었다.

포부와는 달리 레지던시에서의 생활은 그리 원만하지 않았던 것 같다. 그는 입주와 동시에 불면증에 시달렸다. 40년 가까이 코네티컷에서만 살았던 그에게 캐나다 북서부는 춥고 낯설었다. 성의 관리인에게 종종 수면제를 처방받았는데 약품의 정확한 명칭이나 성분, 제약 회사는 기록되어 있지 않다. 이후 그의 수면 장애가 사라졌는지는 불분

명하다. 다만 그로부터 얼마 뒤 데미안 코언은 기존에 완성된 원고를 한 페이지도 남김없이 찢어버리고 새로운 작품에 매진했다. 그 작품은 1880년대 초반 서부 개척 시대를 배경으로 한 원주민 가족의 절망을 담은 작품이었다. 데미안은 해당 작품의 초고를 완성한 날 아침에 윈체스터 성 옥상에서 떨어져 죽었다. 그는 성의 첫 희생자로 전해진다. 완성된 작품은 출판되지 않은 채 성의 도서관에 보관중이다. 그 원주민 가족의 이야기는 성의 입주한 몇 명의 작가들에 의해 세 차례 다시 쓰였지만 2022년 현재까지 출판된 사례는 없다.

09:04 줄리엣 멀리건(극작가, 1968~1999)

줄리엣 멀리건은 1998년 10월 2일에 입주했다. 영국 태생의 그는 셰익스피어컴퍼니에서 상주 작가로 2년을 근무하고 사라 윈체스터의 성으로 왔다. 그가 글로브극장에 올린 작품은 단 두 편이었는데, 셰익스피어의 4대 비극 가운데 『햄릿』과 『오셀로』를 새롭게 각색한 작품이었다. 식민주의와 인종주의의 유산을 배척하지 않고 진보적인 의제로 전환함으로써 새로운 문제의식을 선보였다. 이후 수많은 극장의 러브콜과 스카우트 제의를 거절하고 그가 찾은 곳은 사라 윈체스터의 성이었다. 새 작품을 위해 서였다. 줄리엣은 총기에 희생된 이들의 이야기를 쓰고자 했다.

제1차세계대전 이후 다양한 총기가 양산되면서 연간 총기로 희생된 이들은 걷잡을 수 없이 늘었는데 그들은 전쟁터가 아닌 안전이 보장되어야 할 거리와 학교, 집에서 죽었다. 총은 다른 무기에 비해 아주 적은 힘으로도 사용 가능했으나 여전히 힘없는 자들이 더 많이 가진 자들의 손에 스러졌다. 줄리엣은 총기 제조사의 행태에 주목했다. 윈체스터와 대니얼 디펜스, 시그 사우어, 스미스앤드웨슨, 스텀루거와 부시마스터 등 다양한 총기 제조사가 앞다투어 새로운 모델을 내놓은 데 반해 후속 조치는 하지 않았다. 그들은 자신들이 제조한 총기로 인해 발생한 사망사고를 추적하려는 시도조차 하지 않은 채 총은 죄가 없으며 그걸 사용한 이들의 잘못이라는 말만 되풀이했다. 총기 제조사와 관계된 모든 인물이 똑같은 건 아니었다. 줄리엣은 그 무렵 사라 윈체스터와 그의 이름을 딴 성의 존재를 알게 되었다. 사라가 자신의 조부가 만든 회사에서 제작한 총기로 인해 사망한 이들의 소재를 파악하고 피해자 가족을 위한 보상 체계를 구축하기 위해 이 성을

설계하였다는 실체적 진실에 접근했다. 줄리엣은 곧장
'크리에이티브 캐슬'에 지원했고 사라의 생애를 연구하
기 시작했다.

그는 성의 입주한 그 어떤 작가보다 뛰어난 작업량을 보
였다. 같은 시기에 입주한 작가들에 전언에 따르면 그가
방에서 나온 걸 한 번도 본 적이 없었으며 대신 죽은 사라
의 모습을 보았다는 목격담이 전해졌다. 실제로 그는 방
에서 숨진 채로 발견되었다. 아사(餓死)였다. 줄리엣이 쓴
대본은 미완성인 채로 도서관에서 소장중이며 누군가에
의해 찢기거나 잉크로 시퍼렇게 물든 페이지가 많았다.
온전히 남은 페이지마저도 해독할 수 없는 문자열로 가득
했다.

10:52 더블제이(래퍼, 1996~?)

더블제이는 2017년 9월 15일에 입주했다. 그는 과거 코
네티컷 주립 고등학교 총기 사고의 생존자 중 한 명이
다. 그의 랩 네임 더블제이는 자신과 절친했던 쌍둥이 형
제 제임스와 조지의 앞 글자를 가져온 것이었다. 그는 병
원에서 작곡을 배웠고 퇴원하는 날 학교를 찾아가 평화
를 노래했다. 총기 규제 법안 제정을 위한 캠페인에 앞장

섰다. 사무엘 콜트와 윈체스터 본사에서 1인 시위를 했고 시위를 마친 뒤에는 버스킹을 하며 총기 규제법 제정을 촉구했다. 거리에서 반대 세력과의 다툼은 비일비재했다. 총으로 위협하는 무리를 마주할 때도 있었다. 그때도 더블제이는 마이크를 놓지 않았다. 하지만 너 큰 시련이 연이어 닥쳐오자 무너져버리고 말았다. 그의 어머니가 일하던 슈퍼마켓에 강도가 습격해 어머니와 고객이 죽었다. 며칠 뒤에는 더블제이의 동생이 앙갚음을 하겠다며 불구속 수사 중이던 용의자를 찾아가 살해하고 그 자리에서 스스로 목숨을 끊었다. 그 모든 죽음에 총기가 사용되었다. 십수 개의 총알이 어머니의 몸을 관통했고 총알 수십 발이 동생의 손아귀에서 격발된 것이다.

더블제이는 시위의 동력을 잃고 코카인에 손을 댔다. 누군가 자신의 영혼을 가져가버린 거 같았다. 약에 취해 방아쇠를 당길 수 없도록 자신의 오른손 검지 두 마디를 잘라내기도 했다.

2017년 9월 1일, 새 학년이 시작된 지역의 초등학교 건물에서 또다시 총성이 울렸다. 이날 총기 사고로 열여섯 명이 목숨을 잃었다. 더블제이는 이번에는 다른 결론이 나오리라 기대했지만 공격용 총기 금지 법안은 상원에서 부결되었다. 더블제이는 총기가 앗아간 현장을 텔레비전으로 지켜보며 자신이 빚진 생을 셈했다. 그리고 남은 카드를 만지작거렸다. 정부를 뒤흔들고 언론을 들쑤실 카드. 적의 심장부로 걸어 들어가 무너트릴 작정이었다. 윈체스터와 사무엘 콜트 본사는 경비가 삼엄했다. 백악관과 펜타곤은 진입조차 불가능했다. 그리하여 그가 다다른 곳이 '크리에이티브 캐슬', 사라 윈체스터의 성이었다.

더블제이는 신시사이저 안에 다이너마이트 10킬로그램을 욱여넣고 무사히 입주했다. 마지막 곡의 비트와 그루브는 완성했고 작사가 마무리되는 대로 불을 붙일 심산이었다. 녹음을 마치면 사운드클라우드에 공개하고 같은 시각, 성을 폭파시킬 계획이었다. 윈체스터 성의 붕괴와 자신의 노래가 총기 규제의 서막이 되길 원했다.

녹음을 마친 날 밤, 누군가 그의 방문을 두드렸다. 미 의회 상원의원 출신의 전직 무기 로비스트였다.

11:49 로버트 윌슨(소설가, 1955~?)

그는 2021년 1월 25일에 입주했다. 강단에서 정년퇴직한 이듬해였다. 사실 로버트는 퇴직 후 포르투갈로 건너가 해변에 방갈로를 하나 임대해서 노년을 즐길 참이었다. 그를 막아 세운 건 새로운 소설에 대한 작은 아이디어였다. 교직에 있을 때는 지독히도 찾아오지 않던 영감이 강의실을 떠나자 찾아든 것이다. 로버트는 쓴웃음을 짓고는 오래도록 사용하지 않은 씽크패드 노트북을 지하 창고에서 꺼내와 두드리기 시작했다. 떠오른 인물을 담으려면 먼지를 떨어낼 시간조차 없어서 그가 자판을 두드릴 때마다 먼지가 폴폴 날렸다. 로버트는 잔기침을 하면서도 한동안 타이핑을 멈추지 않았고 다음날 동틀 무렵, 소설의 트리트먼트를 완성할 수 있었다. 로버트는 새로운 소설의 무대가 캐나다 산악지대인 만큼 포르투갈 해변가에서 캐나다로 경로를 변경하고 집필실을 물색했다. 이윽고 사라 윈체스터의 성 아티스트 레지던시 프로그램을 발견한 로버트 윌슨은 이렇게 중얼거렸다. 이제 쓰는 일만 남았군. 앞서 언급한 바와 같이 모든 이야기의 시작은 로버트가 보내온 엽서 덕분이다. 그는 성에서 벌어진 기이한 행태를 접한 뒤 자신이 재직했던 대학의 과 사무실로 엽서를 보냈다. 흠모하는 작가 에드거 앨런 포가 고안한 방식에 따라 암호문을 배치했다. 초기 미 해군이 사용하던 것과도 같다. 이처럼 기초적인 수준의 암호문이라면 자신의 제자가 발견할 수 있으리라 생각했지만 그건 오산이었고 로버트가 계획한 삶은 오래 지속되지 못했다. 그는 제2차 세계대전 참전중 사망한 17세 영국 청년의 이야기를 남긴 채 사라졌다.

12:41 초청

한 시간 분량의 영상은 여기서 끝을 맺습니다. 성은 수많은 이들의 이야기를 계속해서 만들어내고 변형하고 확장해나갔습니다. 그 성에서 일어났던 일을 어떻게 말해야 할까요. 머릿속에 맴도는 언어는 많았지만 그 무엇도 정답은 아닌 거 같았습니다. 단 하나, 사라 윈체스터의 성은 그 자체로 훌륭한 레퍼런스이자 레지던스였습니다. 모두 케빈 조가 만들어낸 이야기 덕분이었는지도 모르죠. 그래서 케빈 조를 만나고 싶었습니다. 섭외 메일을 보냈고 긍정적인 회신을 받았던 것인데, 행방이 묘연해지다니…… 며칠을 백방으로 수소문하다가 운명처럼 '크리에이티브 캐슬'의 공식 홈페이지를 발견하게 되었죠.

이거 보이십니까? 여기, 이 종이. 초청장입니다. 겉면에 사라 윈체스터의 성 아티스트 레지던시라고 적혀 있죠. 케빈 조의 행방을 찾기 위해 공식 홈페이지에 적힌 메일 주소로 메일을 하나 보냈습니다. 석 달 전이었죠. 한국의 유튜브 크리에이터인데 혹시 스토리무브먼트CA 운영자가 거기 있느냐, 거기를 직접 취재할 수 있느냐, 물으면서 촬영계획서를 첨부했죠. 그리고 바로 여기, 촬영허가서와 함께 초청장을 받았습니다. 한국에선 제가 최초라고 하더군요. 이런 거 한 장이면 비자 바로 나오거든요. 6개월 코스입니다. 흥가 체험이냐고요? 뭐, 그것도 나쁘지 않죠. 그렇지 않아도 콘텐츠 바운더리를 좀 넓혀보고 싶었거든요. 어쨌든 체류 기간도 길고 하니까. 거기 체류하는 다른 크리에이터와 같이 콘텐츠도 좀 만들어보려고 합니다. 그럼, 다음 영상에서 만나죠!

*

업로드 날짜는 한 달 전이었고 만 명이 넘는 구독자가 무색하게 조회 수는 900회도 되지 않았다. 댓글은 아홉 개 달려 있었는데 번역이 불가능한 언어로 적힌 댓글을 제외하면 다음과 같다. (댓글에 포함된 링크는 전부 유효하지 않은 주소였다.)

—이 남자 생사 아는 사람 있어?

—이 기사에 나오는 A씨가 영역이랑 동일인물 아님?

CNN 뉴스 봐봐.

　—사라 윈체스터의 성도 1982년에 철거했다는 기사가 있던데? 성 앞에서 사진도 올리지 않았냐? 어떻게 된 거냐?

　—이 새끼 출국한 게 아니라 감옥 간 거 같은데? 연합뉴스 기사 봐봐. B씨가 여기 운영자 아니야?

　—이 영상 댓글에 관리자 명의로 좋아요 누르는 건 누군데?

　—저 아래 꼬부랑글씨로 달린 댓글 번역 가능한 사람 있어? 히브리어 같은데 구글 번역기로 돌려보니까, 이상한 말만 뜨네. 번역기 뭐 이따위냐?

*

　나는 녹취록을 작성한 뒤 소리 내어 읽어봤다. 수업에 앞서 분량이 넘치거나 모자라지 않는지 확인할 요량이었다. 읽을수록 점점 선배의 말투와 몸짓이 떠올랐고 호흡도 자꾸 엉켰다. 그럴 때마다 목소리를 가다듬고 나만의 톤과 페이스를 찾으려고 노력했다. 동시에 틀린 글자를 바로잡고 호응이 어색한 문장을 고쳐

썼다. 하지만 결국 과제를 제출하진 못했고, 그날 수업도 빼먹고 말았다.

강사는 수업이 끝난 뒤 내게 메시지를 보내와 안부를 물었다. 메일로 과제를 보내면 따로 피드백을 해주겠다고 했다. 나는 과제는 끝마쳤지만 제출은 어려울 거 같다고 답했다. 덕분에 잊고 있던 일을 기억해냈다며 감사 인사를 전했다.

녹취를 마친 날 밤, 나는 해당 영상에 비공개 댓글을 남겼다.

―선배, 저예요. 영상 잘 봤습니다. 제가 들려드린 이야기를 전교생이 듣는 학교 방송에서 이야기하셨죠. 그 일로 방송부를 떠나시게 되어 유감이었습니다. 여기에 댓글을 남기는 이유는 그때 중요한 이야기를 제가 하지 못했기 때문입니다. 짐작하셨겠지만 누나는 살해당했습니다. 범인은 같은 마을에 살던 또래 남자였습니다. 남자는 누나를 죽인 뒤 저수지에 유기했습니다. 발목에 돌을 매달았죠. 밧줄이 삭고 살점이 떨어져나가 가벼워진 누나는 반년이 지나서야 수면 위로 떠올랐던 것입니다. 그런 누나가 제가 머물렀던 집 마당에 나타났던 건 왜였을까요? 하고 싶은 말이 있었을

까요? 범인을 잡아달라고? 아니면 저를 겁주려고? 아닙니다. 그건 죄책감 때문이었습니다. 누나가 죽은 그날 낮에 제가 그 남자와 함께 있는 누나를 봤거든요. 남자가 누나를 차에 태우는 현장을 봤습니다. 누나를 강압적으로 차에 밀어넣은 뒤에 서둘러 운전석으로 돌아갈 때, 그 남자와 눈이 마주쳤습니다. 그는 자신의 입술 위에 검지를 올리고 제 대답을 기다렸습니다. 저는 고개를 끄덕였던 거 같습니다. 네. 그랬습니다.

　사건의 윤곽이 드러나고 범인이 잡힌 건 누나의 사체가 발견된 뒤에도 1년 가까이 시간이 지나고 나서였습니다. 목격자가 없는 사건이었습니다. 누나가 실종되고 수사가 진행되고 사체가 발견되고 다시 수사가 재개되는 동안에도 저는 아무 말도 하지 않았던 겁니다. 그러면서도 저는 여름밤에 귀신을 봤다며 무용담처럼 말한 겁니다. 함부로 말한 건 나였습니다. 말하지 못한 것도 나였습니다. 내내 그 이야기를 하고 싶었습니다.

죽음이 이야기를 영속하게 할 것이니……

조형래(문학평론가)

1

　외진 시골에 친구들과 캠핑을 나선 길, 모처럼의 여행에 들떠 소소한 사고 같은 여러 불길한 징조를 대수롭게 여기지 않고 오두막이나 모닥불 주위에 모여 앉아 무서운 이야기 따위를 나누다가 유령을 보거나 살인마의 습격을 받는다. 이것이 〈텍사스 전기톱 학살〉(1974) 이래 호러 영화의 흔해빠진 클리셰라는 것은 잘 알려져 있다. 호러 장르에 출몰하는 괴물 자체가 기지(旣知)-일상의 세계를 전복하는 불가사의한 광기 같은 타자이며 그것이 체현하는 압도적 위협의 인격화된 회귀라는 사실을 굳이 길게 설명할 필요는 없을 터다. '그것'에 쫓기거나 희생당하는 긴박한 신이나 고어한 장면은 그러한 비일상-부조리한 타자의 침입으로 인한 카타르시스를 적극적으로 환기하는 연출이다. 하지만 이는 호러 영화 스타일의 예측 가능한 관행이 되어 있다. 뿐만 아니라 일반적으로 대단원에서 괴물은 퇴치당하거나 물러나며 최후의 일인이 생존한다. 호러 영화의 관행 내부에서 비록 무수한 희생자를 낳았을지언정 타자는 축출되고 일상이 회복되는 것이다. 따라서 우리는 안도할 수 있다. 후속 편을 관람하지 않는다면, 또는 그러한 관행을 비튼 또다른 호러 영화를 보지 않는다면 말이다.

2

유재영의 「영」은 이 '또다른 호러 영화'를 다시 한번 적극적으로 변주한다. 부부가 캠핑을 떠나는 길에 일어난 영문 모를 사고, 어딘가 수상쩍은 캠핑장 관리인과 캠핑장을 서성거리는 개와 고양이, 모닥불을 피워 놓고 둘러앉은 지인들 사이에 오고가는 무서운 이야기, 여러 구의 자살한 시체와 출처를 알 수 없는 보석의 갑작스러운 발견 등 당장이라도 살인마나 괴물이 튀어나와야 할 것 같은 호러 영화의 낯익은 클리셰들로 넘쳐난다. 하지만 정작 그런 일은 일어나지 않는다. 방금 전 뭔가 차로 친 것 같은데 정작 남은 것은 건너편 차선 바닥의 죽은 지 오래인 말라붙은 사체의 잔해다. 이 불가사의한 대상과 공교롭게 연결되는 듯한 동반 자살한 시체는 주인공 일행과 무관할뿐더러 그 죽음에 관한 진상 또한 밝혀지지 않는다. 캠핑장 관리인은 자신에게 말도 없이 경찰에 신고했다고 돌연 화를 낼 뿐이다. 일행 간 비밀 준수에 관한 미묘한 신경전을 야기했던 다이아 또한 정작 큐빅 모조품에 불과했다는 사실도 밝혀진다. 심지어 일 년 후 찾아간 캠핑장에는 인적이 없고 그 어떤 사건의 흔적 또한 남아 있지 않다. 따라서 부부는 그들이 본 것에 대해 의심하지 않을 수 없다. 따라서 서두의 질문은 이야기 내내 그리고 대단원까지 유효한 것으로 관철된다. "방금 뭐였어?"

분명 무슨 일이 계속해서 일어나고 있다. 단지 그럴

뿐이다. 왜, 어째서, 어떻게 그렇게 되었는지는 밝혀지지 않는다. 각각의 사건 또한 서로 특별한 연관이 없다. 사건들의 수미(首尾)는 상관되지 아니하며, 왜 그런 일이 일어났는지 그 전말은 어떻게 되었는지에 관한 의문 또한 해소되지 아니한다. 주인공들이 '거느리거나 다스리는 일'(領)이 불가능한 영도(零度)의 사건들만 계속해서 우연적으로 연쇄될 뿐이다. 호러 영화의 클리셰를 활용하고 있지만 그 서사적 관행에 따른 예측이나 기대에 부합하지 않는 방식으로 이야기는 전개된다. 그야말로 맥거핀의 연쇄로 이루어져 있는 단편이라고 해도 과언이 아니다.

이러한 서사의 원형에 해당하는 미니어처는 현진과 지혜가 주고받았던 과거의 괴이한 이야기 속에 이미 잠복해 있었다. 현진에게 목을 꺾어 연기할 것을 주문했던 수수께끼의 여자 목소리는 과연 누구의 것이었는가. 현진의 친구를 스토킹해왔던 남자가 왜 어떻게 그녀의 텅 빈 방안에서 목맨 시신으로 발견되었는가. 언젠가 지혜가 차에 치이는 것을 목격했던 유기견의 주인은 누구였는가. 이야기는 단속(斷續)을 거듭할 뿐 매듭지어지지 아니한 채 공전한다. 그렇다고 해서 「영」

이 무의미하거나 허무한 소설이라고 말하는 것은 아니다. 오히려 차에 치인 사체들 그리고 큐빅을 줍고 다이아로 착각했던 이들이 서로 기묘하게 겹치듯이 사건의 절단면들이 데자뷔처럼 반복되고 중첩되어 어떤 불길한 그림자(殘影)를 드리운다. 반딧불처럼 뭔가가 어른거리지만 실체는 좀처럼 잡히지 않는다. 풀리지 않는 미스터리를 둘러싸고 어떻게든 해소하려는 각자의 편집증(paranoia)과 계속해서 고조되고 있는 서스펜스 또한 소설 전반에 계류되어 있다. 어떤 의미에서 이 단편의 진정한 주인공은 저마다의 추측과 이야기를 촉발하지만 결코 매듭지어지지 않았기 때문에 의외의 사체처럼 남겨진 불명확한 흔적, 바로 그 미스터리와 서스펜스일지도 모른다.

3

「영」과 「역」은 후자의 등장인물 유튜브 크리에이터 '영역'의 이름을 매개로 기묘하게 절합하는 두 편의 소설이다. 전자가 앞서 언급했듯이 호러 영화라는 기존의 서사 형식과 겹쳐진다면 「역」 또한 여러 유튜브 영상/스크립트를 비롯한 이야기의 형식들이 상호 간 '레퍼런스'로 작용하면서 중첩된다. 바로 화자가 소설을 쓰기 위해 '레퍼런스'로 삼으려는 영역의 유튜브 채널 '인사이드 인터뷰'이고 또한 영역이 '레퍼런스'하려는 '스토리무브먼트CA'의 재생 목록 시리즈 '크리에이티브 캐슬: 사라 윈체스터의 성 아티스트 레지던시'(이하 〈사라 윈체스터의 성 시리즈〉)이며 해당 시리즈가 다루고 있는 여러 아티스트들의 사연이다. 상호 참조 즉 레퍼런스의 관계를 형성하고 있는 이들 이야기는 하나같이 미완이거나 실체를 알 수 없게 된다. 이야기의 주체들인 채널 운영자와 레지던시의 아티스트들 또한 자신이 레퍼런스로 삼고 있는 이야기의 주인공을 고스란히 반복하여 실종되어버린다.

결국 매듭지어지지 않은 이야기들은 그 남겨진 미스터리의 흔적으로 말미암아 다른 이야기꾼들의 이야기를 다시금 촉발하게 된다. 하지만 그 이야기들 역시 레퍼런스가 되는 선행하는 이야기를 사실상 답습하여 매듭지어지지 못하게 되고 채널 또한 폭파되는 것이다. 매듭지어지지 못한 이야기가 그들을 잠식했고 그것을 지속하려는 이들은 이야기처럼 실종된다. 미완의 이야기가 남긴 미스터리가 그들의 운명 자체가 된다. 이러한 매듭지어지지 못한 이야기 그리고 이야기꾼의 실종이 반복되는 우로보로스적 연쇄의 중핵에는 사라 원체스터의 미스터리한 죽음이 있다. 한 인물에 관한 매듭지어지지 못한 삶의 이야기가 다른 매듭지어지지 못한 삶(실종)/이야기의 촉발 장치로서 연쇄적으로 작용하는, 마치 유령과도 같은 그림자를 드리우고 있는 것이다.

공교롭게도 그런 것은 소설을 쓰고자 하는 화자의 원장면(primal scene)에도 있었다. 다름 아닌 어린 시절 옆집 누나가 납치되었던 현장의 유일한 목격자였지만 살해당한 그녀의 사체가 발견된 이후에도 사건의 진실을 그 누구에게도 발설하지 않았던/못했던, 그리하여 사건을 미스터리한 것으로 남기는 데 기여한 외상적 기억이다. 대신 고등학생이었던 '나'는 어렸을 때 물에 젖은 누나의 귀신을 본 적이 있었다고 선배인 영역에게 말해준 적이 있었고, 당연히 그것은 매듭지어지지 못한 이야기로 남았다. 하지만 영역은 그 이야기를 학교 점심 방송을 통해 마치 자기가 겪은 것인 양 공개적으로 발설하여 더이상 방송을 진행할 수 없게 되었다.

그리고 이러한 외상적 기억은 화자에게 있어서 영역이 소개하고 있는 〈사라 윈체스터의 성 시리즈〉를 둘러싼 매듭지어지지 못한 이야기들을 일별한 후 뒤늦게 떠오른 어떤 것이다. 즉 이 매듭지어지지 못한 이야기들의 우로보로스적 연쇄는 화자 스스로의 매듭지어지지 못한 이야기를 촉발한 원장면 즉 사건의 수미일관한 진실을 떠올리게 했다. 그것을 확인하게 된 '나'는, '나'의 귀신 이야기와 〈사라 윈체스터 성 시리즈〉라는 상호 연관이 없는 두 갈래의 매듭지어지 못한 이야기를 매개하고 이야기와 일체가 되어 사라진 영역과 대조적으로 소설 쓰기를 단념한다. '나' 역시 영역과 케빈 조 그리고 〈사라 윈체스터 성 시리즈〉로부터 촉발된 이야기를 매듭짓지 못하게 된 것이다. '나'를 초점 화자로 내세운 저자가 이 매듭지어지지 못한 이야기에 관한 소설 「역」을 썼다. 이들의 운명 또한 미완의 이야기와 일체화될 것인지는 알 수 없다. 이것 또한 미스터리로 남는다. 이러한 죽음에 관한 매듭지어지지 못한 이야기가 이야기의 연쇄를 통해 이야기를 지속시킨다. 이것이야말로 이야기의 영역이다. 죽음이 이야기를 영속하게 할 것이니……

작가의 말

아파트에서 공원으로 이어지는 길을 걷다보면 고양
이와 청설모, 뱀과 까치가 인적을 피해 몸을 숨깁니다.
얼마 전에는 근방을 떠돌던 개가 친구를 만들었고 둘
이 함께 풀숲으로 사라지는 걸 봤습니다. 영역에 관해
생각할수록 어딘가 침범하는 기분이었습니다. 그 감
정으로 「영」과 「역」을 썼습니다. 혼자로는 부족해, 이
름 몇 개를 짓고 그들에게 밤하늘의 푸른 별과 수면 위
로 출렁이는 물비늘, 짙고 옅은 여러 가지 빛깔이 뒤섞
인 나뭇잎처럼 아름다운 것을 보여주기로 약속했습니
다. 그들을 인솔하여 길을 걷다가 토지 소유주가 내건

현수막을 발견했습니다. 사유지를 피해 우회하는 길은 가파르고 좁았지만 이미 많은 족적이 있었습니다. 대개는 인간의 자취였고 이름 모를 동물의 흔적도 적지 않았습니다. 한참을 걸어 다다른 정상은 기대와 달랐습니다. 기이하게 뒤틀린 땅은 제가 짐작한 아름다움과는 거리가 멀었습니다. 대신 구석진 자리에서 작고 반짝이는 무언가를 발견해 손아귀에 쥐고 함께 온 이들에게 넘겨주었습니다. 약속을 지키고 싶었습니다. 저마다 다른 이름으로 부르던 이것을 작은 이야기에 담아 당신에게 건넵니다.

2022년 11월

유재영

유재영

1981년 서울에서 태어났다. 2013년 〈세계의 문학〉 신인상으로 등단했다. 소설집
『희비롭느크의 밤』 『우리가 주울 수 있는 모든 것』이 있다.

도메인

초판 1쇄 인쇄 2022년 12월 13일
초판 1쇄 발행 2022년 12월 23일

지은이 유재영

편집 강건모 이희연 정소리 ∣ 디자인 윤종윤 이주영
마케팅 배희주 김선진 ∣ 저작권 박지영 형소진 이영은 김하림
브랜딩 함유지 함근아 김희숙 고보미 박민재 박진희 정승민
제작 강신은 김동욱 임현식 ∣ 제작처 영신사

펴낸곳 (주)교유당 ∣ 펴낸이 신정민
출판등록 2019년 5월 24일 제406-2019-000052호

주소 10881 경기도 파주시 회동길 210
문의전화 031-955-8891(마케팅) 031-955-2692(편집) 031-955-8855(팩스)
전자우편 gyoyudang@munhak.com

인스타그램 @gyoyu_books 트위터 @gyoyu_books 페이스북 @gyoyubooks

ISBN 979-11-92247-70-0 03810

교유서가는 (주)교유당의 인문 브랜드입니다.

이 책은 경기도, 경기문화재단의 지원을 받아 발간되었습니다.